MÉMÉ DANS LES ORTIES

Aurélie Valognes a 33 ans. Véritable best-seller en France, son premier roman, *Mémé dans les orties*, connaît également un beau succès à l'étranger, notamment au Royaume-Uni et aux États-Unis.

AURÉLIE VALOGNES

Mémé dans les orties

MICHEL LAFON

© Éditions Michel Lafon, 2015.
ISBN : 978-2-253-08730-4 – 1ʳᵉ publication LGF

Prologue

Déménager à la cloche de bois

Avachi sur sa valise, Ferdinand Brun, quatre-vingt-trois ans, contemple, impuissant, son appartement, qu'il quitte pour toujours. Lui qui déteste les déménagements. Lui qui déteste la vie en communauté. Lui qui déteste les gens. Comment en est-il arrivé là ?

Son cœur se serre.

Il inspire profondément : l'odeur de naphtaline emplit ses narines. Le parfum familier l'apaise immédiatement. Cette odeur va lui manquer, le papier peint marron à grosses fleurs aussi, même s'il ne l'a jamais aimé.

Il s'est habitué à toutes ces choses. Ses meubles sous bâche. Ses livres rangés dans des sacs plastique. À l'abri de la poussière. Du temps. De la vie.

Cela fait des années que Ferdinand habite reclus, sans famille, sans ami. Il l'a cherché en un sens. Tout au long de son existence, il a fait ses choix, seul. Rarement les bons. Toujours dictés par des rancœurs ou des pulsions. Il n'a cependant jamais changé de cap, ni montré qu'il avait tort. Ses faiblesses, ses erreurs, ou juste ses sentiments, il les a toujours gardés pour lui. Un vrai Bélier, comme disait sa grand-mère.

Alors, comment a-t-il pu laisser un inconnu le piéger et influer sur son destin ? Lui qui déteste qu'on lui dise quoi faire ! À son âge, en plus. Et puis, il ne supportera jamais de vivre aussi loin de chez lui.

Là-bas, il le sait, on va tenter de l'infantiliser, de le transformer en papy guimauve. Pas folle la guêpe ! Et puis, toutes ces vieilles harpies… Non. Ça ne va pas être possible. Ras le bol, de ces bonnes femmes !

Cela fait plus de vingt minutes que Ferdinand, chaudement vêtu, attend son taxi.

Il fouille dans ses souvenirs à la recherche du moment exact où son destin a commencé à lui échapper. Tout a débuté ici même, il y a trois ans. Dès son arrivée, ça n'a pas collé avec les voisines. Et il y a un an exactement, la situation s'est dégradée, sans qu'il sache pourquoi. Le vieil homme est en train de se remémorer les événements qui se sont succédé, quand le téléphone résonne dans l'appartement. Il faut un certain temps à Ferdinand pour réaliser que la sonnerie lui est destinée. Il se lève alors brutalement, chancelant. Cela

ne fait ni une ni deux, Ferdinand décroche et raccroche dans un mouvement sec, agrémenté d'un :

— Non mais on croit rêver ! On peut pas être
tranquille chez soi ! Y a toujours quelqu'un pour
nous emmerder ! Et aujourd'hui, en plus !

Ferdinand arrache la prise du téléphone du
mur et retourne se poster dans l'entrée.

À aucun moment, le vieil homme ne pense
que ce coup de fil puisse être important : tout le
monde sait qu'il faut l'appeler entre 20 heures et
20 h 30. À aucun moment, il ne se dit que ce pourrait être le chauffeur de taxi. À aucun moment, il
n'a conscience que cet appel aurait pu changer sa
vie s'il avait écouté ce que la personne à l'autre
bout du fil avait à lui dire.

Non. Perdu dans ses pensées, Ferdinand songe
qu'il n'est peut-être pas trop tard pour tout arrêter. Ne dit-on pas que l'on a toujours le choix ? Il
pourrait s'échapper, faire le mort : sa spécialité.
Et s'il n'y allait pas, que se passerait-il ? Il serait
juste égal à lui-même, prévisible dans son incons-
tance. Car, après tout, n'est-il pas toujours le
vieillard acariâtre qui, pas plus tard qu'au nouvel
an dernier, terrorisait ses voisines et dictait sa loi
dans la résidence ? N'est-il pas toujours l'homme
au passé trouble que tout le monde fuit ? Celui
que l'on surnomme le *serial killer* ? Il y a forcément une porte de sortie. Il suffit de la trouver. Et
de ne pas regarder en arrière.

Douze mois plus tôt

1

Tourner au vinaigre

Les choses se sont gâtées pour Ferdinand quand il a emménagé dans la résidence, deux ans plus tôt. Après un divorce qui l'avait laissé amer, il avait emménagé au premier étage gauche de l'immeuble A de la résidence située au 8, rue Bonaparte. Une résidence des années cinquante, bien entretenue, au bout d'une rue bordée de platanes centenaires, dans une petite ville paisible. Les murs en pierre de taille, l'élégant portail en fer noir et la jolie cour fleurie des bâtiments A et B ont toujours laissé le vieillard indifférent. Tout comme le chemin de roses trémières qui contourne le jardinet intérieur pour mener au potager coloré et au local à poubelles.

Au 8, rue Bonaparte, tout était tranquille. On coulait des jours heureux. Les habitants se sentaient bien. C'était une résidence sans histoire, les immeubles avaient toujours abrité une petite dizaine de familles. Avec le temps, les parents avaient vu leurs enfants quitter le nid. Restaient désormais des vieilles dames seules, dans des appartements devenus trop grands pour elles. Dans la courette, seuls résonnaient les ronronnements du chat de Mme Berger, ou les chants des canaris de la concierge, Mme Suarez, ou encore les bruits de mastication gourmande de son chihuahua, engloutissant les biscuits de sa maîtresse.

Chaque jour, après le déjeuner, on pouvait aussi entendre le caquètement d'un attroupement de vieilles dames, qui, attablées dans la cour intérieure, papotaient au soleil, une tasse d'un breuvage chaud au creux des mains. Elles passaient des heures à piailler, à partager les derniers potins, à refaire le monde. Une tradition établie depuis des décennies.

Tous ces gens semblaient être faits pour vivre ensemble. Jamais un mot plus haut que l'autre, jamais un son plus fort que celui du téléviseur. C'était leur paradis sur terre.

Mais c'était avant.

Avant l'arrivée du perturbateur. Du prédateur. Un homme. Seul. Un octogénaire dont le passé mystérieux et les agissements bizarres ont tout de suite donné la chair de poule aux habitantes du 8, rue Bonaparte. Depuis deux ans qu'il vivait au premier étage du bâtiment A, en face de Mme Claudel, M. Brun faisait régner la terreur. Les grands-mères toléraient du mieux possible l'agressivité du bonhomme, son incapacité à faire des efforts pour vivre en communauté. Sans parler de son chien. Un monstre. Cependant, cela avait troublé la tranquillité des lieux. *Leur* tranquillité.

Tout s'est accéléré dès lors que la mort de la véritable propriétaire des lieux, Louise, l'ex-femme de Ferdinand Brun, fut connue. La guerre contre le vieil homme fut alors déclarée. Derrière ces murs en apparence tranquilles, les voisines solidaires complotaient désormais pour se débarrasser de leur encombrant voisin. La guerre froide était finie. L'affrontement direct allait commencer, plus cruel, mais plus efficace. Le tout orchestré par une femme à la poigne de fer, Mme Suarez, concierge de la résidence depuis plus de trente ans.

2

Avoir une dent contre quelqu'un

Mme Suarez, cinquante-sept ans, est toujours élégante, *on ne sait jamais.* Elle en oublierait presque l'homme qui partage sa vie depuis près de quarante ans. Pour parfaire son sourire forcé destiné aux petites gens (le facteur, les éboueurs, le jardinier), Mme Suarez a une hygiène bucco-dentaire irréprochable. Trois lavages quotidiens de trois minutes chacun, avec brosse à dents électrique, bain de bouche décapant, gargarismes sonores et finitions au fil dentaire. Ce qui est dommage, c'est que Mme Suarez a constamment les lèvres pincées et les sourcils froncés, occupée qu'elle est à guetter le moindre faux pas de ses congénères.

Les voisins s'y sont habitués et obéissent aux règles : c'est le cas de Mmes Joly, Berger et Jean-Jean, septuagénaires serviles, à la botte de Mme

Suarez. Mme Claudel, nonagénaire superactive, dont la bonne éducation n'a plus à être démontrée, ne pose aucun problème non plus. Les autres habitants sont en revanche plus difficiles à éduquer. Dès que quelqu'un passe devant sa loge, la concierge entreprend une petite course jusqu'au local à poubelles. Au moindre écart de tri, par exemple une peau de banane dans le bac à ordures mixtes plutôt que dans le compost, et c'est illico un coup d'interphone, de sonnette ou un Post-it collé sur la porte.

Oui, Mme Suarez fait un travail ingrat, avec très peu de reconnaissance, mais ô combien utile à la communauté. Sans elle, la résidence irait à vau-l'eau. Mais les habitants du 8, rue Bonaparte s'en rendent-ils compte ? Les voisines ont-elles conscience de la chance d'avoir Mme Suarez comme amie ? Et son mari, ce moins-que-rien, ne devrait-il pas la remercier de vivre dans cette belle résidence et d'être enfin quelqu'un grâce à elle ?

Car au 8, rue Bonaparte, avec la loge héritée de sa mère, Mme Suarez est la maîtresse des lieux. Elle se pavane dans la cour, inspecte, fait circuler ses différents interlocuteurs.

Et elle aime que cela aille vite, que les corvées soient rayées de sa liste, pour pouvoir retourner à son poste de guet.

Depuis sa loge, Mme Suarez surveille la vie de chaque habitant. Sorties, visites : elle sait tout, connaît les habitudes de tout le monde. On dit même qu'elle consigne dans un carnet noir les travers de chacun. Elle ne quitte presque jamais son poste, où, avec sa machine à coudre, elle confectionne des petits manteaux imprimés pour Rocco, son chihuahua. C'est toujours à regret qu'elle sort de sa loge deux fois par jour pour sortir les poubelles et distribuer le courrier. Le plus long est de déposer les lettres sur les paillassons : cela lui prend quinze minutes exactement.

Mme Suarez aime la ponctualité. Si le facteur est en retard, elle le lui fait savoir. Car même si ces quinze minutes sont calées sur des heures creuses, c'est-à-dire quand l'activité est au plus bas, Mme Suarez peut quand même louper une infraction ou un déplacement intéressant. Et il ne faut pas compter sur son mari, qui refuse catégoriquement de prendre la relève pour consigner ces précieuses minutes, se cachant derrière une excuse bien plate : «Je croyais que je n'avais pas le droit de mettre les pieds dans la loge de *Madâme*?»

Quand Mme Suarez dépose le courrier sur le paillasson, elle fait donc au plus vite et accompagne rarement d'un «bonjour» sa tournée. Si elle est du genre bavard, elle ne peut pas se le permettre tout le temps et encore moins avec tout le monde. Il y a les gens de l'immeuble et les autres. Et puis il y a M. Brun.

Mme Suarez déteste M. Brun. Et ce, dès les premières minutes où lui et son chien ont mis les pieds dans sa résidence. Aucun bonjour, cigare fumé dans les parties communes, poubelles jamais triées, aspirateur en marche au moment exact où elle s'octroie une pause cigarette, dans la courette, avec son chihuahua et ses amies. Elle est même persuadée qu'il profite de ses quinze minutes d'absence quotidienne pour accomplir quelques méfaits, juste pour la faire bisquer. Elle n'a jamais pu le prendre en flagrant délit mais elle y travaille.

Les roses trémières se portent à merveille tout autour de la cour, sauf sous le balcon de M. Brun. Elle parierait son manteau en fourrure qu'il les arrose de désherbant. C'est comme les ampoules des parties communes : à l'étage du vieil homme elles sautent tous les mois. Et chaque fois qu'elle revient de sa tournée du courrier, les marches de l'escalier sont humides et glissantes. Sans parler des énormes déjections canines juste en face de la résidence, près de l'école. Elle serait prête à gager que ce sont celles de son sale cabot. Si elle ne peut pas sentir M. Brun, elle déteste plus encore son chien, un colosse qui fait peur à son chihuahua d'amour, au chat de Mme Berger mais surtout à ses pauvres canaris. L'année dernière, six d'entre eux sont morts, de peur selon elle, à cause de la *bête*. Le vétérinaire n'a pas confirmé, mais elle en est certaine.

Pour ne pas passer pour quelqu'un de grossier, Mme Suarez accompagne le courrier qu'elle dépose chaque jour sur le paillasson de l'octogénaire d'un «bonjour, monsieur Brun». Ce malotru, jamais il ne lui a répondu! Jamais, alors qu'il est derrière sa porte, la fixant à travers l'œilleton. Mais elle prend sur elle et persiste, car elle est certaine que son «bonjour» indispose le vieil homme.

Cependant, cela ne peut plus continuer ainsi. Mme Suarez se l'est juré depuis la mort de son volatile préféré. En tant que chef de la résidence, elle doit prendre les mesures qui s'imposent. Alors, avec l'aide de ses acolytes, elle a imaginé un plan pour faire déguerpir M. Brun dans les meilleurs délais. C'est ce dont elles discutent tous les jours dans la courette lors de leur pause UV/nicotine, après avoir déjeuné en tête à tête avec Jean-Pierre Pernaut, et tandis que le bruit de l'aspirateur de Ferdinand l'empêche de saisir le moindre mot.

3

Avoir la guigne

Ferdinand Brun est de plus en plus sourd. Ça ne le gêne pas plus que ça, il n'a personne avec qui faire la conversation. Mais comme il est hypocondriaque, il imagine déjà le pire, la surdité complète, comme ce compositeur prodige, Mozart ou Beethoven, il ne se rappelle plus très bien. C'est que M. Brun n'a pas beaucoup de chance dans la vie. Cela a mal commencé, et ce n'était pas vraiment sa faute.

Ferdinand Brun est né un vendredi 13. Sa mère a fait tout ce qu'elle a pu pour le retenir quelques heures de plus, mais c'est en avance de vingt minutes qu'elle a pu constater la décevante masculinité de sa progéniture non désirée. La nouvelle mère a donc décidé de déclarer que la naissance avait eu lieu le 14, et non le 13, comme cela se faisait à l'époque pour éloigner le mauvais œil.

Mais la malchance a continué de poursuivre Ferdinand Brun, faisant fuir toutes les femmes auxquelles il s'attachait, certes plus par nécessité que par choix. Sa mère tout d'abord, qui ne l'a pas abandonné à la naissance, est tout de même décédée deux ans plus tard des suites de l'accouchement de sa sœur cadette – elle-même mort-née. Sa grand-mère, ensuite, qui l'a élevé après le décès de sa mère (il n'a jamais connu son père), et qui a été emportée à l'hôpital par une grippe, alors qu'elle y était venue pour une jambe cassée. Sa femme enfin, qui a profité de lui et de son salaire de quarante ans de labeur à l'usine, pour fuir avec le premier venu dès lors qu'il a été à la retraite.

Le manque de chance n'a peut-être pas grand-chose à voir avec tout ça, car Ferdinand n'est pas du genre facile à vivre. Il est comme sur un voltage différent, avec une logique bien à lui, le laissant totalement incompris du commun des mortels.

Non, il ne va pas prendre le risque de perdre sa place de parking pour aller faire le plein d'essence : il préfère porter les jerricans vides jusqu'à la pompe à l'autre bout de la rue et les rapporter jusqu'à sa voiture. Oui, ses meubles sont encore recouverts de leurs housses de protection, mais cela évite la poussière et l'usure. Et oui, il a des affaires neuves bien rangées dans son armoire, mais il continue invariablement d'utiliser son pantalon trop grand à l'ourlet usé, ses slips troués et le portefeuille percé qui aurait pu lui faire perdre sa carte bleue, s'il s'était résigné à adopter ce moyen de paiement. En somme, Ferdinand est économe, en biens mais surtout en sentiments. La seule pour qui il n'a jamais compté, la seule qu'il aime, la seule qui ne l'a jamais abandonné, c'est Daisy. Sa chienne. La plus fidèle. Avec elle, tout est simple. Pas de fourberie. Pas de contrainte. Pas de chantage affectif. Pas besoin de distiller au compte-gouttes petites attentions ou mots doux. De toute façon, il ne saurait pas faire. C'est bien ça, le problème. Avec tout le monde, mais surtout avec les bonnes femmes.

Ce qui est bizarre, c'est que Daisy n'est pas revenue hier soir. Elle n'était plus là quand il est sorti de la boulangerie et elle ne l'a pas rejoint pour déjeuner, ni pour dîner, ni pour passer la nuit à ses côtés. C'est la première fois. Disparaître comme ça… Ferdinand tourne autour du téléphone. Il ne va quand même pas appeler la police, il déteste les flics. Et c'est un peu tôt pour placarder sa photo dans la rue. Ferdinand se ronge les sangs. Daisy est sa dernière raison de vivre. Il va l'attendre. De toute façon, à quatre-vingt-deux ans, il n'a que ça à faire.

4

Être mieux reçu que le pape

Daisy n'est pas réapparue. Ferdinand a erré dans la rue toute la journée et une partie de la nuit, a crié son nom à s'écorcher la voix, s'est usé les yeux derrière sa fenêtre, n'a pas pu fermer l'œil. Le tabouret calé sous le postérieur, il est maintenant rivé à l'œilleton de sa porte d'entrée, témoin des allées et venues de sa voisine d'en face. Une vieille chouette bancale qui se donne des grands airs de bourgeoise avec sa coupe à la Simone Veil et dont la canne en bois pourrait, selon Ferdinand, cacher un peu d'alcool pour patienter à l'arrêt de bus.

Comme tous les samedis matin, c'est le branle-bas de combat. Elle entre, elle sort, toujours plus chargée de paquets, de sacs, de cartons. Comme tous les week-ends, elle reçoit ses petits-enfants à déjeuner. Et elle tient à ce que tout soit parfait.

La maison, le repas, la discussion. À quatre-vingt-douze ans, elle veut prouver qu'elle est une mamie bien dans son époque, très active et, surtout, en pleine forme. Ce qui n'est pas loin de la vérité, quelques petits pépins de santé mis à part. Certes, la vieille dame a un peu de difficulté à comprendre quand tout le monde parle en même temps, mais l'appareillage, ce n'est pas pour demain. La canne, en revanche, cela fait déjà deux ans qu'elle l'a acceptée. Elle la troque volontiers contre un Caddie trotteur pour aller faire son marché, car c'est tout de même « extraordinairement commode », comme elle dit. Ses yeux, eux, vont nettement mieux, depuis son opération de la cataracte : le papier du *Figaro* est même passé comme par magie du jaune au blanc ! Pour lire, elle chausse encore ses grandes lunettes rondes, qu'elle ne perd plus depuis que ses petits-enfants lui ont offert un cordon *très chic.*

Béatrice Claudel va bien, très bien, même.

Aujourd'hui, elle a donc invité un de ses petits-fils, son épouse et leur héritier de dix mois. Elle a prévu de cuisiner un lapin à la moutarde, le plat préféré de son petit-fils, agrémenté d'un bon côtes-du-rhône qu'elle a acheté en caisse de six à la dernière foire au vin.

Tout est fin prêt. La cocotte Le Creuset est sur le feu depuis près de deux heures, les carottes et les oignons confisent. La table est mise. Cette fois, Béatrice a posé son pilulier à côté de son verre à vin. Elle ne laisse plus ses médicaments directement sur la table. Non pas à cause du tout-petit, mais à cause de l'un de ses camarades de bridge, qui, la dernière fois qu'il est venu déjeuner, a pensé ajouter une olive dans son assiette… Heureusement, ce n'était qu'un comprimé pour la vue.

Béatrice s'assied dans son fauteuil près de la fenêtre, prend son iPad et ouvre Facebook. Elle souhaite s'informer des dernières activités de son petit-fils. Tiens, cette semaine, il a fait un voyage d'affaires aux États-Unis, a dîné dans un grand restaurant et a regardé une émission de téléréalité qu'elle ne connaît pas encore. Quant à sa femme, elle s'extasie sur les nouvelles dents de leur petit et vient apparemment de finir le Goncourt. Béatrice va chercher dans sa bibliothèque le dernier livre qu'ils ont lu à son club de lecture, celui qui a raté le prix Renaudot de pas grand-chose. Elle pose le livre sur la commode de l'entrée; surtout, ne pas oublier de le proposer à l'épouse de son petit-fils. Elles ont les mêmes goûts en matière de littérature, celui-ci devrait lui plaire.

Elle retourne s'asseoir mais se relève aussitôt pour mettre les gâteaux apéritifs dans un plat en faïence. Elle a choisi le bleu-vert que ses petits-enfants lui ont offert à Noël dernier. Elle a également pensé à mettre le collier reçu pour son anniversaire. 11 h 43. Béatrice a même le temps de descendre ses poubelles. Le sac était plein, surtout de pain rassis. *Oh mon Dieu ! Le pain... J'ai complètement oublié d'en acheter. Ai-je le temps ? Oui, largement. Mais s'ils arrivent en avance ! ?*

Ferdinand regarde sa voisine de palier revenir dans le couloir l'air paniqué et s'engouffrer précipitamment dans son appartement. Il ne sait pas ce qui a pu l'effrayer à ce point dans le local à poubelles. Aurait-elle, elle aussi, entendu parler de cette affreuse histoire vraie qu'il a lue dans un ouvrage de Pierre Bellemare : un homme assassiné puis découpé et dont on se débarrassait jour après jour, morceau par morceau, dans un vide-ordures ? *Sinistre histoire,* pense Ferdinand. *Il faudra que je la raconte à cette vieille dinde de Mme Suarez, elle qui aime tant fouiner dans le local à poubelles.*

Ferdinand commence à avoir mal aux fesses. Tiens, voilà que la vieille chouette ressort de son appartement, un pardessus sur le dos. C'est inhabituel : elle va être en retard. Ferdinand se contorsionne pour la voir descendre l'escalier. Le vieil homme en profite pour se dégourdir les jambes dans la cuisine. Il remplit une casserole d'eau froide. Si improbable que cela puisse paraître, Ferdinand n'a jamais utilisé le robinet d'eau chaude, ni pour cuisiner, ni pour se laver. L'eau, il la fait bouillir. Pas question de payer pour l'eau chaude de l'immeuble ! Ferdinand cherche le couvercle de la casserole quand il entend le bruit de la canne dans l'escalier. Il glisse sur ses patins jusqu'à son tabouret, s'y rassied. La petite dame monte péniblement les marches. C'est qu'elle n'est plus toute jeune. Bien plus vieille que lui, songe Ferdinand. Tout d'un coup, elle se retourne dans sa direction ! Ferdinand se fige. Elle prend une grande inspiration et frappe chez lui. *Non mais quel culot !* se dit Ferdinand. Un filet de voix éraillée s'adresse à lui à travers la porte :

— Monsieur Brun, ouvrez. C'est Mme Claudel.

Première nouvelle : elle s'appelle Mme Claudel.

— Monsieur Brun, je suis désolée d'insister, mais j'ai des nouvelles concernant votre chien. Ouvrez, s'il vous plaît.

— DAISY ! Ils ont retrouvé Daisy ! s'exclame Ferdinand en ouvrant grande la porte.

— Je suis vraiment navrée, mais je crains que les nouvelles ne soient pas très bonnes.

— Vous l'avez retrouvée ? Oui ou non ? hurle Ferdinand.

— Mme Suarez, notre concierge, pourra vous en dire plus. Elle est en bas, avec le corps de votre chien. Je suis vraiment désolée, monsieur Brun.

Béatrice saisit le vieil homme par le bras et l'aide à descendre les treize marches qui le séparent de sa belle.

5

Être malheureux comme les pierres

Depuis deux jours, Ferdinand est cloîtré chez lui, blotti en chien de fusil dans son lit, cerné par les mouchoirs qui jonchent le sol. Il ne veut ni se lever, ni sortir. Pour aller où d'ailleurs ? Il sait qu'il va finir près du potager où Daisy se soulageait, sur les tomates des voisines, ou près de la maison où un roquet faisait le beau derrière sa grille.

Le silence de l'appartement l'oppresse. Ses vieilles habitudes lui semblent désormais vides de sens. Il n'a plus envie de rien, même pas de manger, comme quand il a divorcé. Il s'est tout de même forcé à avaler quelques conserves périmées. Il a un peu vomi mais de toute façon il ne se sentait pas bien. Mourir d'intoxication alimentaire ou d'autre chose, peu lui importe. D'ailleurs il sent une pression à la poitrine, un poids qui l'empêche de respirer. Cette sensation d'étouffement ne le quitte plus, comme pour combler le vide laissé par Daisy.

Si la tristesse et la solitude sont ses nouvelles compagnes d'infortune, il reste de la place pour un sentiment plus envahissant encore : la colère. Ferdinand ne peut se résigner à accepter la thèse de l'accident, il doit bien y avoir un coupable, quelqu'un sur qui déverser sa haine. Daisy était si jeune, à peine sept ans. Un véritable gâchis ! Et puis, sa chienne était l'être le plus tendre qui puisse exister, elle n'aurait jamais fait de mal à une mouche. Même les canaris de la concierge, elle ne s'en était jamais approchée. Même les agressions du chat de la voisine du 2B ne l'atteignaient pas : elle se contentait de le toiser avec panache.

C'est incompréhensible. Daisy n'a jamais essayé de se détacher lorsqu'il l'accrochait au poteau devant les commerces. Elle était d'une patience exemplaire. Et si le nœud de sa laisse s'était défait, elle n'aurait pas fui. Au pire, elle serait rentrée à la maison, et pour cela, elle n'avait pas besoin de traverser de rue. Le chemin, elle le connaissait par cœur : ils le faisaient invariablement chaque jour. Alors pourquoi ? Pourquoi avait-elle disparu ? Pourquoi avait-elle traversé la rue toute seule ?

Et s'il y avait erreur sur la personne ? Et si c'était lui qui était visé ? Encore cette foutue malchance qui lui prend ses femmes, l'une après l'autre ? Ferdinand hurle :

— S'il y avait une personne à prendre, c'était moi, pas elle !

Il ne se rend pas compte qu'il parle tout haut :

— Qu'est-ce que je fais, moi, maintenant ? Et qu'est-ce que je vais faire de ma belle ? La crémation ou l'enterrement ? Et puis, tes affaires, Daisy ? Je ne peux pas les jeter, pas ton os à mâcher, pas ton vieux coussin râpé… Je ne pourrai jamais te remplacer. Tu me manques tellement, ma belle. Je sens que c'est la fin, ma fin. Il n'y a plus personne devant la porte le matin pour me dire bonjour, pour m'obliger à faire une promenade et aller acheter le déjeuner. Plus personne pour me regarder avec des yeux tendres ou réprobateurs quand j'incendie le présentateur télé. Je ne suis plus rien. Plus qu'une larve. Je n'ai même pas de photo de toi. Juste des souvenirs, des mirages aussi, quand je crois t'apercevoir au loin. Parfois, je me dis que tout cela n'est qu'un affreux cauchemar, que le téléphone va sonner et qu'on va m'annoncer une regrettable méprise. Et tu seras là, vivante, la queue frétillante, heureuse de me retrouver. D'autres fois, je rêve que je me réveille et tu es là, on part se balader près du lac où tu aimais tant regarder les colverts. J'ai bien réfléchi. Je ne veux pas de cette vie sans toi. Je ne veux plus voir personne. Je ne veux pas croiser les regards faussement compatissants de mes saletés de voisines. Je sais ce qu'elles pensent au fond : «Bien fait pour lui ! Ça lui pendait au nez. Il n'avait qu'à être plus gentil. On n'a que ce que l'on mérite !» Mais tu ne méritais pas ça. Je ne comprends pas : s'il y a un Dieu, comment a-t-Il pu laisser faire ça ? Oui, je sais, je ne crois pas en Dieu, mais vois-tu, je ne sais pas comment envisager la suite. Je suppose qu'on la connaissait tous les deux. Le calendrier s'est simplement accéléré. Rendez-vous dans quelques jours, le temps de finaliser les derniers détails, ma Daisy.

6

Manger les pissenlits par la racine

Après une semaine à refuser la réalité et à soliloquer, Ferdinand sort de sa torpeur. Une très belle journée d'hiver. Une belle journée pour se promener. Une belle journée pour prendre un nouveau départ.

Ferdinand termine de se brosser les ongles. Un pantalon de velours vert foncé a pris la relève du vieux pantalon usé. Le pli vertical est net. Il a mis un slip propre, des chaussettes sans trou. Le vieil homme a l'allure des grands jours : cheveux coiffés, visage fraîchement lavé au gant, chaussures lustrées. Il est fin prêt. Et parfaitement à l'heure. Il inscrit quelques mots sur son bloc-notes et enfile son pardessus. La balade va être agréable, se dit-il. Dans la cour, les oiseaux l'accueillent en sifflotant. Des merles sûrement.

Dehors, il se surprend à observer le monde qui l'entoure. La Terre ne s'est pas arrêtée de tourner en l'absence de Daisy. Chacun vaque à ses occupations : la boulangère rend la monnaie, le fleuriste prépare un bouquet, le conducteur du bus fait signe à un confrère. Tout semble léger.

Dix heures sonnent, Ferdinand regarde sa montre : pile à l'heure. Rue Garibaldi, une femme est assise à l'arrêt du bus, un nouveau-né blotti dans ses bras. Une vieille dame semble vouloir lui donner des conseils :

— Je me permets, car, vous savez, je suis grand-mère…

La jeune maman se contente de hocher la tête en souriant. Tout d'un coup, elle se lève et se met à crier de toutes ses forces. La vieille dame aussi s'est dressée subitement. Le bus. Le bus arrivait alors que… un homme, un vieux monsieur… Le bébé pleure. Un attroupement se forme. Le bus s'est arrêté, les badauds, tels des bambous, se plient pour mieux voir. La jeune mère est au téléphone : les secours sont en chemin. Elle berce énergiquement son bébé. Des corneilles se posent sur les arbres qui longent la rue, elles viennent aux nouvelles. On chuchote, on émet des hypothèses.

Déjà, les pompiers arrivent sur les lieux. Ils écartent les passants, apportent la civière. Tout va très vite. Un corps est soulevé de terre et emmené. Il y a du sang. Du sang sur le pardessus de la victime. Du sang aussi sur la chaussée, devant le bus et un peu plus haut sur le trottoir. Le camion de pompiers quitte les lieux rapidement. Les passagers du bus accidenté sont invités à sortir du véhicule, les curieux, à reprendre leur chemin.

À l'angle des rues Bonaparte et Garibaldi, il n'y a plus rien à voir. Seul, un agent de police a pris position près de la grande tache sombre, gardant à distance les corneilles qui attendent que la voie se libère. À côté de la flaque brune, de minuscules bris de verre. Ceux d'une montre. La montre de M. Brun.

7

L'hôpital qui se moque de la charité

Un brouillard blanc très épais. Des bruits aussi, au loin. Des bruits qui se répètent, inlassablement.

Où suis-je ? Suis-je déjà arrivé ? Je ne vois rien. J'ai l'impression d'être dans du coton. Comme dans un nuage. J'entends des voix, comme une chorale, et ces tintements, ces sons électroniques. Des bips. Des bips, un peu comme à la caisse de la supérette. Mais où suis-je ?

Ferdinand a la bouche pâteuse, avec un arrière-goût de fer. Sa langue passe sur ses dents, une à une. Un trou ? Une dent du bas manque à l'appel ! *J'ai toujours eu toutes mes dents ! Oui, toutes mes dents, excepté les dents de sagesse. Serait-ce un droit de passage ? Je ne comprends pas. Je ne vois rien. Je n'entends rien. Je ne reconnais pas ma bouche, ni mon corps, que je ne sens pas d'ailleurs.*

Je voudrais appeler mais aucun son ne sort ! Hou-
hou ! ? Il y a quelqu'un ? Au secours !

Comme surgie de nulle part, une silhouette blanche et floue apparaît, sans visage distinct. La longue robe immaculée s'approche et se penche. Résonne alors l'écho d'une voix bienveillante :

— Monsieur Brun. Tout va bien. Vous êtes enfin parmi nous. Vous en avez mis du temps ! Vous nous avez fait une belle frayeur.

Ferdinand voudrait hocher la tête en signe d'approbation mais il sent poindre une douleur vive à la mâchoire.

— J'ai oublié de me présenter : Dr Labrousse. Vous avez une bonne étoile, monsieur Brun. Sans votre grande taille et le rétroviseur du bus, c'en était fini de vous ! Le bus vous aurait percuté frontalement et écrasé. On récupère des moins chanceux que vous tous les jours.

Rétroviseur, bus, chanceux ! ?

— Mis à part la mâchoire disloquée, que nous avons remise en place, vous n'avez rien. Pas la moindre fracture. Seulement quelques égratignures et une dent en moins. Un vrai miracle !

Ferdinand palpe le bas de son visage mais ne reconnaît rien. Le Dr Labrousse reprend :

— Oui, nous avons posé un bandage pour maintenir votre mâchoire en place. Il faudra le garder encore une semaine.

Ferdinand commence à comprendre :

— Mais alors, si je suis pas là-haut, où suis-je ?

— À l'hôpital des Saintes-Grâces. Quatrième étage.

Ferdinand est désorienté.

— Mais si j'ai presque rien, comment se fait-il que je ne voie plus rien ?

— Rassurez-vous, nous avons posé des compresses autour de vos yeux pour faire dégonfler les hématomes. Ils vous obstruent la vue pour le moment mais n'ayez crainte, nous allons les retirer. J'ai demandé des analyses complémentaires et le résultat est assez rare : diabète, cholestérol, bilans hépatique et cardiaque, tout est parfait ! Vous avez une santé de fer, monsieur Brun, et un cœur comme neuf. On dirait qu'il n'a jamais servi. Je me souhaite d'être pareil que vous à votre âge. Ne changez rien et vous verrez encore quelques décennies.

Toujours vivant ? Encore là pour plus de dix ans ?! Nonobstant les dires du médecin, Ferdinand est bien déterminé à reprendre sa vie là où il l'a laissée, et ce, dès sa sortie de l'hôpital.

8

On n'est pas sorti de l'auberge

«Sans arme, ni haine, ni violence.»

— Ça serait pas mal comme épitaphe, réfléchit à voix haute Ferdinand. Le problème, c'est que ça n'a pas vraiment de rapport avec moi, conclut-il, plongé dans la biographie de Spaggiari, voleur sans violence. Il me faudrait plutôt quelque chose comme : «Enfin tranquille ! Sans regret, ni larmes, ni chieuses.» Je sais pas si on me laissera mettre «chieuses»… En même temps, si c'est dans le dictionnaire, il n'y a pas de raison. Je vais vérifier.

Ferdinand s'empare de son Larousse, couvert de poussière.

— Donc, à la lettre C, on trouve… «Chien», hum, ce n'est pas vraiment le moment de remettre ça sur le tapis. «Chouette», ah, trop loin. Alors, alors, alors… Eh bah, non ! «Chieuse» n'est pas dans le dictionnaire. C'est la meilleure ! Il faudra qu'on m'explique pourquoi on y met que des mots qui servent jamais ! Est-ce qu'on se sert de « chiffe » ou de « chiton » ? C'est peut-être mon dictionnaire qui est trop vieux. 1993. Les chieuses existaient déjà, non ? Bon, tu me donnes ton avis, Daisy, car finalement ça te concerne aussi ! dit-il en se tournant vers l'urne posée sur son bureau. Bah oui, tu pensais tout de même pas que je pourrais partir sans toi ? Je vais demander à ce qu'on enterre l'urne avec moi. Marion va rouspéter. En même temps, si c'est moi qui paie, je fais ce que je veux ! Si « chieuses » ça passe pas, je ferai comme Aznavour, je remplacerai par « emmerdes ».

« Allez, prenons rendez-vous avec les pompes funèbres, ce sera fait ! Ça devrait servir dans peu de temps. Finies les expériences ratées comme avec le bus. J'ai trouvé mieux pour te retrouver, Daisy. Alors, où est l'annuaire ? »

La sonnerie du téléphone retentit.

— Ah non !... Ah non ! ! Mais qu'est-ce que c'est que ce téléphone qui sonne seulement quand je veux m'en servir ?!

» Oui ! C'est qui ?! Ah, Marion, c'est toi. Tu tombes mal, je suis occupé. Rappelle plus tard.

— Non, papa. C'est urgent. Tu vas m'écouter, j'ai des choses importantes à te dire.

— Tu vas encore me parler de ton ex-mari, le flic. Merci, mais tes histoires de cœur, j'ai donné, je ne suis pas ton psy ! D'ailleurs, tu devrais penser à voir quelqu'un… Ça existe pas, les psys, à Singapour ?

— Non, papa, il ne s'agit pas de ça. Ce n'est pas facile pour moi, mais tu ne me laisses pas le choix. Je suis désolée… Au moins avant il y avait Daisy, sa présence me rassurait. S'il t'était arrivé la moindre chose, elle aurait prévenu, d'une façon ou d'une autre. Pas moi, bien sûr, mais tes voisins. Là, tu es seul, tu ne sors plus, tu ne te laves plus, tu manges mal, tu es agressif avec tout le monde. Et tu fonces sous les bus !

— T'as fini ?

— Non. Ce sera quoi la prochaine fois ? Tu me fais peur, papa ! Et je suis trop loin pour prendre soin de toi.

— J'te l'demande pas…

— Papa, tu ne comprends pas. J'ai appelé une maison de retraite. Nous avons de la chance, ils peuvent t'accueillir dès le mois prochain dans une petite chambre où tu pourras avoir quelques meubles à toi. Et plus tard, tu pourras avoir une chambre plus grande quand…

— Mais qu'est-ce que c'est que cette histoire ? Pourquoi devrais-je aller en maison de retraite ? C'est hors de question, Marion ! On se débarrasse pas de moi comme ça. Et on décide pas à ma place ! Point barre.

— Papa, j'aurais aimé que tu me laisses d'autres options, mais tu es dangereux pour toi-même et pour les autres. Si au moins tu m'avais donné une bonne raison de te faire confiance, si tu m'avais prouvé que tu voulais changer…

— On change plus à mon âge, c'est trop tard. Je suis comme je suis. C'est à prendre ou à laisser.

— OK. Fin de la discussion. Tu vas en maison de retraite. Ils viendront te chercher le premier lundi du mois prochain. Avec l'aide d'Éric s'il le faut.

— Tu mêles la police à tout ça ? Plutôt crever que d'aller en maison de retraite ! Tu auras ma mort sur la conscience, Marion !

— Papa ! C'est justement pour te protéger de toi-même ! Je t'aime, je ne veux pas que tu te fasses du mal.

— Tu crois pas que tu exagères ? *Me faire du mal ?* Un bus m'a renversé et c'est moi le suicidaire ? Elle est bonne, celle-là !

— Papa, prouve-moi que tu fais des efforts et j'arrête tout.

— Je vais essayer, s'il le faut vraiment…

— Très bien, alors je vais mandater quelqu'un pour venir inspecter ton appartement, ton réfrigérateur, ton hygiène. Cette personne me fera des comptes rendus tous les mois et si tu as été désobligeant avec une voisine, que tu te négliges ou que tu montres des signes autodestructeurs, j'appelle Éric pour qu'il t'emmène à la maison de retraite. Je conserve la réservation de ta chambre au cas où. Compris ? Je compte sur toi.

— Fais comme tu voudras, ma fille. Envoie qui tu veux, ça m'est égal, j'ai rien à cacher. Et je te l'ai dit, je cherche pas à mourir.

— Je vais demander à Mme Suarez de s'en occuper.

— Il ne manquait plus que ça ! La vieille dinde ? T'as pas trouvé pire ? Elle sera sûrement ravie de venir jouer l'agent de la Gestapo chez moi.

— Papa, promets-moi que tu vas être coopératif.

— Mme Suarez peut venir me renifler sous les bras si ça lui chante, elle est la bienvenue ! Même si c'est pas du tout mon genre de femme… Beaucoup trop moche et trop langue de vipère.

— OK, *enough*. Je t'appelle dans cinq jours. J'aurais reçu le premier compte rendu de la concierge. Bisou, papa !

Pff, cette vieille dinde de concierge va me manger dans la main. Et en moins de dix jours ! Elle va rien y comprendre.

9

C'est le bouquet !

Mme Suarez sait pourquoi les gens lui accordent aussi facilement leur confiance. Elle respire l'honnêteté. C'est inné. Il faut dire qu'elle est une personne de principes, de valeurs, et qu'elle sait se montrer à l'écoute. Et puis, elle n'y peut rien si les gens sont attirés par elle, hommes comme femmes d'ailleurs. C'est physique, à cause de son parfum peut-être. Opium d'Yves Saint Laurent.

En tout cas, Mme Suarez ne laisse rien au hasard. Ses cheveux sont sous contrôle. La perfection de ses boucles peroxydées doit tout à la mise en plis nocturne qu'elle exécute avec assiduité. Chaque soir, le filet bleu maintient l'ensemble en place, ce qui a l'avantage non négligeable de décourager toute envie téméraire de son mari de l'honorer, aussi efficacement que le ferait une ceinture de chasteté.

Après une nuit lourde sans rêve, grâce aux somnifères qu'elle prend plus par habitude que par besoin (son époux ne ronflant plus depuis l'opération), elle réquisitionne la salle de bains, dont l'éclairage, au vu du résultat style années quatre-vingt, laisse à désirer.

D'une main lourde, elle poudre son teint olivâtre de Terracotta, puis ses paupières d'ombre assortie à sa tenue. Elle parfait le maquillage des yeux, la bouche grande ouverte, en chargeant ses cils de Rimmel noir. Il est important de bien ouvrir le regard pour accentuer des yeux marron : c'est sa cousine esthéticienne qui le lui a appris. Elle ourle le pourtour extérieur de ses lèvres d'un épais trait de crayon beige, ce qui a le double intérêt de lui faire une bouche pulpeuse comme Pamela Anderson et d'éviter que le rouge à lèvres, généralement rose vif, ne déborde dans les sillons du contour des lèvres, témoins de nombreuses années passées à tirer énergiquement sur ses cigarettes mentholées.

Elle s'abstient la plupart du temps de tracer sur ses paupières supérieures un trait de khôl : elle le réserve plutôt aux grandes occasions, même si celles-ci se font rares avec un mari plombier. Elle ne peut s'empêcher de penser que sa vie aurait été bien différente si elle avait accepté d'épouser ce grouillot de Marcel Cochard, qui est quand même aujourd'hui adjoint comptable à la mairie.

Mais bon, il était vraiment trop laid il y a quarante ans de cela. Aujourd'hui cela ne la dérangerait plus tant.

Non, aujourd'hui, ce qui la dérange le plus, c'est que tout le monde croit qu'elle est portugaise. Mme Suarez plus concierge : il ne faut pas avoir fait math sup math spé pour arriver à cette conclusion. Alors elle s'évertue à corriger la situation avec chaque nouvel arrivant : elle est française, comme Marianne. Comme sa mère. Le seul Portugais de l'histoire, c'est son mari, le plombier.

Mme Suarez ne manque jamais de se parer de ses plus beaux atours : manteau en fourrure de renard hérité de sa grand-mère, qui le tenait elle-même de sa grand-mère, bottes noires en similicuir, bijoux clinquants à chaque extrémité – oreilles, poignets et doigts –, le tout rehaussé de lunettes de soleil mouches pour maintenir ses cheveux bouclés en arrière.

Afin de parfaire son style nouveau riche, elle niche sous son bras son chihuahua Rocco, pour lui éviter toute tachycardie s'il venait à faire un effort trop important ou s'il croisait un autre animal cannibale. Voilà, Mme Suarez est prête. Prête à sortir les poubelles de la résidence et accueillir le facteur, entre autres. Tout le monde s'accorderait à donner le premier prix de beauté à la Little Miss Sunshine de la rue Bonaparte : plus par crainte que pour son petit côté Paris Hilton. La richesse des hôtels en moins, la ménopause et vingt kilos de fesses en plus.

Dans son travail, elle applique la même rigueur, suivant strictement les techniques enseignées par sa mère. Et l'élève a dépassé le maître, y ajoutant désormais ses propres règles.

Règle numéro un : Interdiction formelle d'entrer dans sa loge, y compris pour son mari. Il a le don de mettre le foutoir partout où il passe. Il n'y a qu'à voir l'état de son atelier, au fond du petit appartement. Dans la maison de Mme Suarez, comme dans sa loge, tout est au carré : pas un grain de poussière, rien qui ne dépasse. Une véritable maison témoin, avec un mari témoin qui a tout juste le droit de respirer, mais qui a surtout le droit de s'éclipser dès que sa femme a de la visite. Car le canapé framboise du salon, c'est son trône à elle, et à Rocco. Près de son divan, sa collection de dés à coudre religieusement rangée dans une vitrine fermée à clé. Un désodorisant d'intérieur, dont le parfum fleuri grattouille la gorge des moins habitués, est systématiquement branché pour couvrir l'odeur d'homme *viril,* entendez *suant,* qui émane du tissu du canapé pour s'infiltrer jusque dans sa loge. Dans l'antre de la concierge : matériel de couture, photos de Rocco, magazines people. Elle aime être à la pointe de la mode et au fait des dernières nouvelles. Et sur son petit bureau en bois, caché de la vue des passants, se trouve son fameux carnet noir. Les moindres détails de la vie de chacun y sont consignés, et, en premier lieu, leurs manquements à la règle numéro deux.

Règle numéro deux : Faire respecter par tous les règles de vie commune. Le carnet vient de s'offrir une nouvelle section dédiée à M. Brun. Ce fauteur de troubles va payer pour ses méfaits.

Et maintenant qu'elle est missionnée par Marion, la vie de M. Brun est entre ses mains. Elle se sent aussi puissante qu'un enfant qui déverse l'eau du tuyau d'arrosage sur une fourmilière et regarde les petites bêtes se débattre pour survivre.

Règle numéro trois : Appliquer les sanctions prévues quand les règles ne sont pas respectées.

10

Filer un mauvais coton

Il en faut peu pour troubler la tranquillité du 8, rue Bonaparte. Ferdinand n'avait encore rien dit, rien fait que, déjà, Mme Suarez le détestait. À l'école primaire, la concierge était dans la même classe que l'ex-femme de Ferdinand, Louise. Elles étaient restées amies. Et Ferdinand serait prêt à parier que c'est Mme Suarez qui a poussé Louise à demander le divorce. Il ne serait pas étonné non plus qu'elle leur ait rendu visite, à Louise et à son facteur, sur la Côte d'Azur. *Cette vieille dinde est du genre à aimer faire cramer ses gants de toilette toute la journée sur la plage.* Bref, Mme Suarez n'a pas dû voir d'un bon œil le retour du mari cocu dans sa résidence, qui plus est dans l'appartement des parents de Louise – même si, techniquement, il appartient aujourd'hui à Marion.

De toute façon, après le regard glacial que Mme Suarez a jeté à M. Brun quand elle l'a croisé avec son chien la première fois, c'était cent fois trop tard quand elle a essayé de se rattraper. Ferdinand n'oublie pas. Il n'oublie jamais. Il est très rancunier. Alors faire ami-ami avec cette vieille dinde : hors de question ! Il sait pertinemment que tous ses méfaits sont de véritables bombes à retardement. Il prend un malin plaisir à jeter des pavés dans la mare de sa tranquillité. Refus de fleurir son balcon des géraniums rouges « réglementaires », refus de délaisser le vide-ordures au profit des cinq poubelles de tri sélectif à garder chez soi, refus de venir commérer avec les voisines dans la cour… Le minuteur est entre les mains de Mme Suarez, qui choisira quand le déclencher en montant tout le monde contre le méchant M. Brun.

Ferdinand ne se laisse pas facilement impressionner. Ce n'est pas cette vieille femme aigrie au QI d'une dinde qui va lui faire changer ses habitudes. De toute façon, ce sont elles, les voisines, qui ont peur. Un jour, elles ont trouvé dans les poubelles un livre de Pierre Bellemare sur les plus grands *serial killers* du siècle dont les pages étaient pleines d'annotations. Ferdinand a bien vu qu'il avait fait mouche auprès des petites vieilles ! Leur frousse a duré des semaines, pendant lesquelles le vieil homme se délectait chaque fois qu'elles lui servaient du «Bonjour monsieur Brun», «Bonne journée, monsieur Brun», «Tout va bien, monsieur Brun?», «Puis-je faire quelque chose pour vous, monsieur Brun?». Une bonne idée qu'il avait eue ce jour-là !

Donc, si au début Ferdinand n'avait pas fait exprès de contrarier ses voisines, désormais il prépare ses coups et se fait un malin plaisir de leur mener une vie impossible. Il fait *tout* pour se rendre désagréable. Aux affabilités feintes, Ferdinand riposte par des goujateries. Laissant parler son instinct animal, il grogne ou répond sèchement les phrases les plus désobligeantes et impolies qui soient. Ou, pire, il fait le sourd, ignorant de toute sa hauteur la vile petite chose qui ose s'adresser à lui. Autre exemple : Ferdinand déteste l'odeur du cigare et n'a jamais été fumeur, mais, chaque jour, il crapote en cachette, histoire de laisser une odeur de tabac froid dans les parties communes où il est *strictement* interdit de fumer.

Son antipathie est devenue une seconde nature, un art de vivre, de survivre même. Oui, survivre, car Ferdinand accepte mal de vieillir. Solitude, déchéance du corps : tout cela le tue à petit feu. La seule activité que Ferdinand ait trouvée pour tromper l'ennui : être méchant, histoire de ne manquer à personne une fois parti.

Cela occupe bien ses journées, inlassablement identiques, mais distrait encore plus les voisines.

Elles devraient le remercier d'ailleurs ! Auparavant, leurs conversations ne tournaient qu'autour de la jeunesse décadente, de ces jeunes qui ne saluent plus leurs aînés et qui n'apprennent plus rien à l'école. Ou alors elles s'en donnaient à cœur joie sur ces bobos qui réclament un parc à vélos mais roulent en 4 × 4, qui demandent un potager collectif mais se goinfrent de produits hors saison au restaurant, qui se disent écolos mais ne sont pas fichus de trier leurs déchets correctement. *Les pots de yaourt ne vont pas dans le bac à plastiques, bon sang de bonsoir !*

Avec les inspections à venir, Ferdinand aurait tout intérêt à faire le dos rond, mais il n'a jamais pu se plier aux diktats. Alors que les vieilles du 8, rue Bonaparte scrutent les moindres faits et gestes de M. Brun, tout en évitant d'avoir affaire à lui, Ferdinand, lui, ne peut s'empêcher de faire un petit commentaire ou une remarque acerbe. Cela égaye sa journée. Comme avec Christine, sa voisine coiffeuse, par exemple.

11

Couper les cheveux en quatre

La pendule en plastique jaune de la cuisine indique 9 h 2.

— Cette sotte est en retard. Comme si j'avais que ça à faire aujourd'hui.

La sonnette retentit, accompagnée d'un grognement de Ferdinand ouvrant la porte.

— Vous êtes en retard ! Vous vous êtes perdue peut-être ?

Christine Jean-Jean, coiffeuse shampooineuse du salon Mylen'Hair, habite l'appartement 2A, juste au-dessus de chez Ferdinand.

— Bonjour, monsieur Brun. Heu non, je ne me suis pas perdue. Je suis désolée, je pensais être à l'heure.

La jeune femme a à peine le temps de franchir le seuil de la porte que, déjà, Ferdinand tourne les talons en direction du salon et prend place dans un fauteuil avachi, posant *Le Canard enchaîné* sur ses genoux.

C'est la première fois que Christine pénètre chez M. Brun. Elle est tout de suite frappée par la pénombre et l'odeur de naphtaline. Elle a été surprise que Ferdinand fasse appel à elle. Elle ne peut s'empêcher de penser que c'est un traquenard. Au cas où, elle a prévenu Mme Suarez : si à 10 heures elle n'est pas sortie de l'appartement du vieillard, la concierge doit prévenir la police.

Christine prend place à côté de Ferdinand : en deux temps, trois mouvements, elle déplie sa trousse, prépare le bac roulant et sort shampooing, ciseaux et peignoir.

— Prenez votre temps surtout, on a la journée… commente Ferdinand.

Pour rendre service aux personnes âgées du 8, rue Bonaparte, Christine accepte quelques rendez-vous le matin, avant de se rendre au salon. Sa spécialité : les couleurs. Ferdinand dirait même *toutes* les couleurs ! Y compris celles qui ne figurent pas au nuancier L'Oréal… Ses plus beaux faits d'armes vont du bleu roi à l'orange carotte, en passant par le violet aubergine et le rose barbe à papa. Depuis sa fenêtre, Ferdinand aime admirer les créations de la coiffeuse. Une fois les voisines agglutinées dans le jardinet, on se croirait à un défilé de la Gay Pride !

Mais Ferdinand a juste besoin d'un rafraîchissement alors il prend sur lui, et outre les talents artistiques de Christine, il va surtout devoir faire abstraction de toutes ses petites manies qui l'irritent. Comme sa façon de parler sans cesse et avec cette voix si aiguë, pour raconter tout et n'importe quoi, sans réfléchir au sens des mots qui sortent de sa bouche. Il déteste aussi sa façon d'être « désolée » pour un oui ou pour un non, et de lui lancer des regards apeurés comme s'il allait l'exécuter sur-le-champ. Par-dessus tout, Ferdinand ne supporte pas sa façon de lui donner du « monsieur Brun » par-ci, du « monsieur Brun » par-là. Elle peut faire toutes les courbettes qu'elle veut, elle aura cent francs, enfin quinze euros, et pas un centime de plus. Du moins, si elle ne se rate pas.

— Je suis désolée, ça y est, je suis prête, monsieur Brun. J'ai fait au plus vite, monsieur Brun. Puis-je vous demander si c'est un jour particulier pour vous aujourd'hui ? D'habitude, vous ne faites pas appel à moi…

Plongé dans la lecture de son journal, Ferdinand fait mine de ne pas avoir entendu. Oui, ce jour-là est un grand jour pour lui, mais comme chaque année, personne ne va s'en souvenir, encore moins s'en soucier. Donc cette sotte de Christine peut remballer sa fausse sympathie en même temps que ses ciseaux. On est le 13 avril, encore vendredi ! Mais Ferdinand est déprimé. Il n'a pas le courage de faire une autre année. Il ne sait même pas pourquoi il a voulu se faire présentable.

— Comment allez-vous, monsieur Brun ? Je veux dire… depuis votre accident… et surtout la mort de votre chien ? Je sais que cela a été dur pour vous. Il était un peu votre seule famille, en un sens…

D'un geste faussement malhabile, Ferdinand fait tomber les outils de Christine. Il n'en peut déjà plus, alors qu'elle a à peine commencé. Et cette manière que les gens ont de dire «il» en parlant de sa Daisy, ça l'insupporte ! Christine se baisse pour ramasser les ciseaux en marmonnant :

— Enfin, je doute qu'il ait jamais versé une larme, et encore moins qu'il ait un cœur.

Puis elle reprend sur un ton prétendument enjoué :

— On va pouvoir passer au bac, si cela vous convient, monsieur Brun.

— Pas la peine. Ils sont propres de la semaine dernière.

— Euh… Vous êtes sûr, monsieur Brun ? Ça leur ferait du bien.

— J'ai dit non. Je peux le dire dans une autre langue si vous préférez !

— Très bien, comme vous voudrez, monsieur Brun. Donc juste une coupe alors ?

— Il faut vous expliquer longtemps, mais vous comprenez vite, Christine.

— Désolée, monsieur Brun. Alors, comment voulez-vous qu'on vous les coupe aujourd'hui ?

— En silence…

12

En voir des vertes et des pas mûres

Après s'être débarrassé de Christine en lâchant à contrecœur l'équivalent de cent francs, Ferdinand se regarde dans la glace. Avec sa mâchoire carrée, ses yeux bleu acier et cette coupe trop courte sur les côtés, il ressemble à un militaire. Déjà que les voisines avaient peur de lui, là, il n'a vraiment pas l'air commode. C'est la dernière fois qu'il fait appel à cette amatrice. Une bonne nouvelle dans tout ça : les hématomes sur sa mâchoire ont quasiment disparu. Il décide de ne pas mettre son bandage pour sortir. Ras le bol d'avoir une tête d'œuf, et puis aujourd'hui, c'est son anniversaire : quatre-vingt-trois ans. Il décide d'aller marcher un peu, malgré le ciel menaçant.

Perdu dans ses pensées, Ferdinand ne réalise pas que cela fait des heures qu'il erre sous une pluie battante. Il a froid et ne sait plus où il se trouve. Il pensait à Daisy, à sa crémation. Il est fatigué. Dans son cabas, un petit carton rectangulaire, contenant l'urne. Il ne sait même pas pourquoi il l'a prise avec lui, peut-être pour lui trouver un endroit bien à elle.

D'une certaine façon, c'était le bon jour pour recommencer à zéro. Sans elle. La pluie sur ses cils lui brouille la vue. Il marche d'un pas lourd quand, soudain, une vague énorme s'abat sur lui. Comme une claque froide. Une voiture vient de passer à toute vitesse dans une flaque d'eau. Ferdinand est trempé. Il dégouline comme un chien qui vient de sauter dans une mare de boue. Machinalement, il se retourne pour voir si des passants ont vu la scène et se moquent de lui. Mais personne ne semble avoir été témoin de l'incident. Ferdinand regarde au bout de la rue à la recherche de la coupable. Peut-être est-ce cette petite voiture rouge ? Il fixe la flaque comme s'il allait y trouver un indice. Ce trou rempli d'eau est vraiment très proche du trottoir. Trop proche. La voiture n'aurait pas dû rouler dedans, la chaussée est suffisamment large. Le conducteur devait être en train de faire autre chose, d'envoyer un message sur son téléphone portable ou, si c'était une femme, de se remaquiller ! Ferdinand n'est même pas énervé : il est las, résigné. C'est un signe de plus qu'il est de trop sur cette Terre, que son existence n'est qu'une vaste blague.

Le vieil homme remonte la rue comme un zombie, la tête rentrée dans le col de son manteau, pour éviter que la pluie ne perle le long de son cou. Il fait peur à voir. Pitié aussi. Ses pas le ramènent jusque chez lui. Ferdinand ne remarque pas la petite voiture rouge garée sur le trottoir, en face de son immeuble. Il ne voit pas non plus les traînées de boue sur l'aile droite. Cela ne lui traverse même pas l'esprit qu'une personne ait délibérément voulu l'humilier ou, pire, le tuer… avant de se raviser.

13

Branle-bas de combat

Ferdinand a mal dormi. Il est 8 h 20 et il a dû fermer l'œil tout au plus pendant une heure et demie. Épuisé, il a fui son lit depuis un bon moment pour s'installer sur le divan du salon, enroulé dans une grosse couverture boulochée. À présent que le soleil se lève, il lâche enfin prise et sombre dans un sommeil lourd, quand un bruit métallique retentit.

— Daisy, sors de la cuisine, tout de suite ! Daisy ?

Ferdinand se concentre. Le bruit se fait à nouveau entendre. Il réalise alors qu'il a les yeux fermés et se force à les ouvrir. Encore ce son : cela vient de la cage d'escalier, pas de la cuisine. Ce ne peut donc pas être Daisy… Il se souvient alors qu'elle est partie pour de bon. Cette apparition de Daisy n'était qu'un beau mirage. Mais le bruit qui l'a tiré de son rêve, lui, est bien réel. Ferdinand se lève, chancelant jusqu'à l'entrée. À travers l'œilleton, il découvre un véritable chantier ! Juste devant sa porte (cela doit d'ailleurs empiéter sur son paillasson), des tonnes de cartons bloquent le passage. Des hommes sont en train de monter un canapé dans le colimaçon de l'escalier et à chaque palier l'armature en acier cogne les murs : cela fait un bruit assourdissant.

— Faites attention ! hurle Ferdinand, plus pour lui-même que pour être entendu. Les peintures vont encore s'écailler…

Bang !

— Mais faites attention, bon Dieu !

Il connaît la chanson : après ce sont les propriétaires qui doivent payer pour ces maudits locataires qui saccagent tout car ils ne sont pas fichus de se payer un déménagement avec monte-charge.

Ferdinand est hors de lui. Il est 9 heures du matin, il n'a pas fermé l'œil de la nuit, et c'est le jour que des abrutis ont choisi pour faire un vacarme de tous les diables.

— Ils peuvent pas la mettre en veilleuse !

Il appellerait bien la police pour dénoncer ce tapage diurne, mais il croit se souvenir qu'après 8 h 30 le matin sa requête n'aurait aucune légitimité. Les gens n'ont vraiment plus aucun respect pour rien. Il a perdu Daisy il y a à peine quelques semaines. On pourrait le laisser en paix, bon sang de bonsoir. Et s'il avait besoin de sortir ? Devrait-il enjamber les meubles ? Déplacer les cartons lui-même ? À son âge ?!

Ferdinand va dans la salle de bains mettre des boules Quies (très utiles au réveillon du jour de l'an et le 14 Juillet) et se réinstalle sur son divan. Soudain, il se souvient qu'il a fait une otite la dernière fois qu'il les a utilisées. Elles n'étaient pas de la plus grande propreté. Oh… Tant pis : il doit dormir. Il veut dormir.

Mais il n'y parvient pas. Des raclements juste devant sa porte, les voix graves des déménageurs, ces pas lourds, ces déplacements d'objets au-dessus de sa tête. C'est impossible. Il se tourne et se retourne, s'énerve, râle, se cogne et finit par se relever. Dans la cour intérieure pourtant interdite à tout stationnement, trône un camion de déménagement, vingt-six mètres cubes, tout au plus. On a l'air de vider le camion : quelqu'un emménage donc dans son immeuble et personne n'a jugé utile de prévenir la copropriété des désagréments potentiels ? Qui sont ces malpolis ?

À côté du camion, garée en sens inverse : une petite Twingo rouge, un peu sale. Ferdinand connaît cette voiture. Elle est généralement stationnée devant le salon de coiffure Mylen'Hair, la banquette arrière est toujours pleine de prospectus de produits coiffants. C'est la voiture de

Christine. Ce serait donc elle qui quitterait l'immeuble ? Pour aller où ? Ferdinand serait prêt à ficher son billet que c'est pour suivre un amant qui lui brisera le cœur en ne quittant jamais sa femme. Ah, ces femmes qui ne savent pas prendre les bonnes décisions et qui attendent que les hommes le fassent pour elles !

Dire qu'il va falloir que je sorte pour avoir la paix. Non mais, dans quel monde vit-on ? Spontanément, deux options lui viennent à l'esprit. La bibliothèque et l'église. À la bibliothèque, les sièges sont plus confortables. Mais un samedi matin, ils seront pris d'assaut par de sales gosses ou, pire, par leurs parents permissifs. Ferdinand n'aime pas les enfants. Et encore moins ces nouveaux parents laxistes qui se refusent à donner la moindre fessée à leurs enfants. Ces bons à rien engendrent une génération d'enfants rois sur qui, à trois ans à peine, ils ont perdu toute autorité, laissant du coup l'éducation de leurs morveux aux autres. De son temps, au moins, ça ne mouftait pas. Ni à l'école, ni à la maison. Et quand l'institutrice rapportait une de ses bêtises à sa grand-mère, Ferdinand prenait une gifle devant son professeur (en plus des coups de règle déjà reçus), et une autre correction à la maison, pour la honte faite en public. Ferdinand était donc plutôt sage, du moins suffisamment malin pour ne pas se faire pincer trop souvent.

Bref, s'il n'était pas si sourd et si réfractaire à la nouveauté, le vieil homme aurait pu se réfugier dans un cinéma. Mais il n'a rien vu sur grand écran depuis *La Grande Vadrouille*. Un musée, un café ou un restaurant auraient été des refuges plutôt agréables. Mais cela ne lui traverse même pas l'esprit. Direction l'église, donc, pour un homme pas croyant pour un sou.

Pour quitter le lieu de ses tourments, Ferdinand doit enjamber les cartons sur son paillasson. En levant la jambe, il se dit que s'il avait été un animal, il se serait volontiers soulagé sur une de ces boîtes. Au rez-de-chaussée, on se croirait en pleine jungle : le hall est rempli de pots débordant de terreau d'où jaillissent d'énormes arbres. Si Ferdinand s'y connaissait mieux en horticulture, il aurait reconnu un camélia japonais, un laurier-rose, un oranger, un érable rouge et quelques plantes vivaces. Mais ce que maîtrise le mieux Ferdinand, en Attila des temps modernes, c'est le désherbant, comme en témoignent son balcon nu et les pauvres roses trémières sous son balcon. *J'espère qu'ils ne comptent pas mettre tous ces arbres au-dessus de chez moi ! Il ne manquerait plus qu'ils fassent écrouler leur balcon, et le mien avec !*

Arrivé devant l'église, Ferdinand pousse la lourde porte en bois, entre sans se signer et s'assied sur un banc, tout au fond de la nef. Il n'y a personne. Il jouit de sa tranquillité, même si l'odeur de l'encens le gêne – son ex-femme en allumait toujours un bâton après les repas. Au bout de vingt minutes à peine, Ferdinand se balance d'une fesse sur l'autre, ce n'est vraiment pas confortable. Il a un peu froid aussi, et faim : 10 h 40. Un peu tôt pour un jambon-beurre. Il soupire. La journée va être longue. Très longue.

Soudain, la porte en bois se referme lourdement, quelqu'un vient d'entrer. Ferdinand lève discrètement un œil pour voir qui est venu prier. Mais personne ne passe devant lui. Il devine une présence derrière lui. Ferdinand se sent épié, sensation très désagréable. Il se retourne lentement : un homme voûté, en imperméable, se tient debout sur le côté gauche, tout près de l'entrée. On dirait qu'il attend quelque chose ou quelqu'un. Ferdinand perçoit le râle régulier de l'inconnu. Chaque inspiration semble racler les parois de sa gorge avant de réussir à se frayer un chemin entre des narines encombrées et trop étroites. Chaque respiration est une agonie. Un jour normal, Ferdinand aurait trouvé ça extrêmement énervant. Mais la fatigue et la solitude l'emportant, ce bruit caverneux lui fait froid dans le dos. Ferdinand est sur ses gardes. Il a l'impression qu'une bête tapie s'apprête à lui bondir dessus. Pourvu que quelqu'un entre ! Ferdinand aurait presque envie que le prêtre fasse son apparition, quitte à devoir se confesser. Il trouverait bien quelques histoires peu orthodoxes à avouer. Ne pas rester seul avec ce psychopathe est son unique objectif. Mais aucun prêtre ne se montre, et il n'y a aucune autre âme charitable à l'horizon. Ferdinand prend son courage à deux mains et se lève. Lentement, il se dirige vers la porte, le plus normalement possible, sans un regard pour l'homme dans le coin.

Une fois à la lumière rassurante du jour, les mauvais démons sont derrière lui.

À 14 h 30, un sandwich au pain sec englouti, Ferdinand grelotte sur le banc du parvis de l'église. Il n'a pas osé retourner à l'intérieur, redoutant la présence de son compagnon d'infortune. *Je déteste les déménagements, je déteste déjà ces nouveaux voisins qui me forcent à traîner dehors comme un clochard.* Sans même connaître l'identité de ses bourreaux, il en viendrait presque à regretter la coiffeuse. Mais une lueur d'espoir le fait tenir bon sur son banc dur comme la pierre : Ferdinand saura comment les accueillir à son tour, et les remercier de cette journée terrible...

Après plus de cinq heures, à bout de forces, Ferdinand rentre enfin chez lui. Le camion de déménagement a disparu, en revanche les plantes vertes encombrent toujours le hall, et l'escalier est jonché de bouts de carton. On a toutefois daigné dégager l'accès à sa porte. Le silence est revenu. Enfin ! Ferdinand s'affale dans son lit, bien décidé à s'endormir au plus vite, quand, tout d'un coup, il perçoit un gémissement. Il se force à rester concentré sur son sommeil et remonte la couverture sur ses oreilles. *Ce n'était rien,* se dit-il lorsque, cette fois, un cri retentit. Cela vient d'au-dessus de son lit. Ce n'est pas vrai... non, pas ça ! On se reconcentre, ça va s'arrêter, il faut que ça s'arrête.

Mais ça ne s'arrête pas. Entre 16 h 30 et 18 heures, aucun répit. Les cris de la nouvelle occupante de la chambre du dessus, la petite Emma, dix-huit mois, n'ont cessé que le temps d'un biberon trop vite englouti. Quand Ferdinand capitule et quitte sa chambre pour s'affaler dans son fauteuil, il hausse le volume de « Questions pour un champion » pour couvrir les pleurnicheries incessantes. L'émission a déjà commencé. Le « Quatre à la suite » révèle un thème mystère cher à Ferdinand : les chiens d'attaque. *Ah, enfin quelque chose de positif ! Je vais faire un sans-faute ! Je parierais même que cette abrutie va confondre dogue allemand et braque de Weimar.* Ferdinand est sur le qui-vive, il lui faut moins de deux secondes pour identifier le berger allemand, puis le doberman. Il bute sur le dogue argentin, que lui n'aurait pas rangé dans la catégorie des chiens d'attaque, quand on frappe à la porte. *Si c'est Christine qui revient faire ses adieux, trop tard, ma vieille ! Tu m'as laissé dans de beaux draps, et je ne suis pas d'humeur…* On appuie maintenant sur la sonnette. *Non mais je rêve ! Les gens ne doutent de rien. Il faut vraiment que j'enlève le fusible. C'est la double peine, cette maudite sonnette : c'est moi qui paie l'électricité pour qu'on me dérange…*

— Bonjour, excusez-moi de vous déranger. Il y a quelqu'un ? Je suis votre nouveau voisin.

Ferdinand se dresse. *Comment ose-t-il ? Moi, je ferais profil bas si j'étais à sa place !*

— Il y a quelqu'un ?

Ferdinand découvre par l'œilleton le responsable de cette journée de torture. *Un homme, c'est déjà ça, il n'y aura pas de bruit de talons !* Une petite quarantaine d'années, les cheveux châtains, la voix plutôt douce. Il porte un sweat-shirt vert. Le nouveau voisin n'a pas l'air bien méchant.

— Il y a quelqu'un ? Je voulais simplement me présenter, je viens d'emménager au-dessus, je m'appelle Antoine et…

— Je vous arrête tout de suite. Pour les présentations, je crois que j'ai eu ma dose. Vous pouvez rentrer chez vous. Je vous ai assez entendu pour aujourd'hui. Vous, votre bébé, vos meubles ! Au revoir, monsieur.

Ferdinand observe la mine déconfite de son nouveau voisin qui, les épaules basses, regagne l'escalier. Le vieil homme retourne à son fauteuil. La porte d'au-dessus claque. Avec ces bêtises,

Ferdinand a loupé les autres thèmes du «Quatre à la suite». Grrr!!! C'est son moment préféré. Ce satané voisin ne perd rien pour attendre…

Ferdinand décide de se coucher tôt. Tant pis pour Patrick Sébastien, de toute façon c'est toujours les mêmes numéros, les mêmes invités et les mêmes blagues – rarement drôles d'ailleurs. La petite a arrêté de pleurer vers 20 heures. Elle doit dormir à présent. Ferdinand règle son réveil. Il doit vraiment récupérer. Il éteint toutes les lumières. EN-FIN! Il ne lui faut pas plus de cinq minutes pour sombrer et profiter de six heures d'un sommeil réparateur avant que le réveil ne sonne.

Bip. Bip. Bip. Ferdinand se sent en pleine forme. Il se rend au salon, débarrasse la desserte, puis y pose délicatement un tourne-disque poussiéreux qui n'a pas servi depuis plus de vingt ans. Il fouille dans une caisse et en extrait un 33 tours, son préféré. Il pousse le tout vers sa chambre. Il a vraiment bien dormi : il se sent beaucoup mieux.

Il branche l'appareil, positionne le vinyle, le fait tourner et abaisse le bras. L'appareil crépite, c'est bon signe! Tout d'un coup, comme si un orchestre prenait d'assaut la chambre de Ferdinand, la voix nasillarde d'André Robert Raimbourg, Bourvil en somme, entonne sa *Tactique du gendarme*. Ferdinand sourit. Le temps semble avoir fait un bond de près de soixante-cinq ans en arrière. Il adore cette chanson, surtout son début en fanfare. Il monte le son à son maximum et pose le tourne-disque tout en haut de son armoire, à quelques centimètres seulement du plafond. Des moutons de poussière volettent au-dessus de lui. Dix, neuf, huit… À cinq, un long gémissement de bébé se fait entendre. Ferdinand chante avec Bourvil et y met tout son cœur :

— Mais c'est pas *tout* ! ! ! Mais c'est pas *tout* ! ! !

Il connaît les paroles par cœur et bat la mesure en tapant du pied, avec la même exaltation que de Funès dans *La Grande Vadrouille*. Il est déchaîné.

Au-dessus, une porte s'ouvre. Des pas lourds viennent chercher le bébé. *3 h 5 du matin, tout juste ! Bienvenue, chers voisins !* Et Ferdinand de reprendre de plus belle :

— « La tacatacatac tactique du gendarme, c'est d'être toujours là, quand on ne l'attend pas… »

14

Avoir vu le loup

Ce bébé est pour Ferdinand le plus grand des malheurs. M. Brun déteste plus que tout les nourrissons. Pour lui, ce ne sont que des contraintes avec, en prime, l'ingratitude la plus totale. Ça ne comprend rien, ça pleure, ça a toujours besoin de quelque chose : on ne peut jamais être tranquille. Et quand ça sourit, ça sourit autant à ses parents qu'aux inconnus. Ingrats, va ! En plus, il faudrait les trouver beaux, surdoués… Mais un être humain qui bave, qui n'est pas capable d'aligner trois mots et qui marche comme un parkinsonien… Non, Ferdinand ne peut pas faire semblant !

D'ailleurs, lui, il ne voulait pas d'enfant, c'est sa femme qui lui en a fait un dans le dos. D'accord, ils en avaient plus ou moins parlé, mais rien n'avait été décidé. Il avait toujours dit à Louise : «Si tu veux un enfant, tu t'en occupes, je veux pas que ça change mon quotidien. Déjà que ça va nous coûter un bras… Je sens que je vais devoir faire des heures sup' à l'usine. »

Ce n'est pas que Ferdinand soit radin mais il s'économise. En argent, comme en sentiments. Et les enfants, à moins d'en faire douze comme dans le tiers-monde et de les mettre au boulot, ça coûte plus cher que ça ne rapporte ! Sa femme avait pris un travail de comptable pour mettre un peu de beurre dans les épinards et, peu après, elle était tombée enceinte.

Ferdinand avait fait un déni de grossesse. Comme s'il ne croyait pas vraiment que quelque chose allait sortir de ce ventre, ventre qui pourtant prenait indiscutablement de l'ampleur. Il n'a jamais voulu préparer la chambre. L'accouchement, la maternité, il n'y est pas allé. Et quand il a découvert que c'était une fille, il a été déçu. Il l'a même reproché à sa femme. Elle pouvait bien l'appeler comme ça lui chantait. Marion… Quelle idée, franchement !

Ensuite, il n'y a eu que des contraintes : biberons, rots, couches, bains, insomnies, courses, lessives, sans interruption, de jour comme de nuit. Ferdinand s'est senti peu concerné mais rien que de voir sa femme s'affairer autant, il était fatigué ! Quand il n'était pas à l'usine, il dormait sur le canapé du salon pour rattraper le retard de sommeil. Parfois même, il fuyait le domicile.

Sa femme avait une mine de plus en plus déplorable. Elle commençait à se laisser aller, comme toutes les femmes d'un certain âge – trente ans passés s'entend. Quand il rentrait à la maison, c'était toujours le même scénario : Louise lui faisait la tête, sa fille pleurait en le voyant, et lui dormait à l'hôtel du cul tourné. Le début de la fin. Pas étonnant que Marion n'ait pas eu de petit frère.

La petite grandissait. Elle se tenait assise dans son bain, mangeait des purées avec morceaux, marchait en canard, baragouinait dans une langue incompréhensible, avait un meilleur ami imaginaire, jouait à la poupée (dont une poupée noire, sa préférée ! Quelle idée saugrenue de sa femme…). Puis il y a eu la période des « pourquoi », l'école, les bonnes notes, le bac. La première bachelière de la famille Brun !

Durant toutes ces années, Marion avait vu ses parents se disputer quotidiennement. Les assiettes volaient autant que les noms d'oiseaux fusaient. Son père ignorait superbement les agressions verbales et physiques de sa femme ou se contentait de la traiter de folle. Cela se terminait inlassablement de la même manière : Louise en pleurs se réfugiant dans la chambre, Ferdinand assis dans le salon, un journal ouvert sur les genoux avec la télé en fond sonore.

Marion n'a pas le souvenir d'avoir partagé quoi que ce soit avec son père, si ce n'est son physique hors norme. Pour une femme, son mètre quatre-vingts a toujours été un obstacle. Déjà, il lui fallut bannir les talons, qui auraient pourtant pu féminiser sa silhouette d'armoire à glace. Et il a été difficile de trouver un homme plus grand qu'elle, et qui ne soit pas impressionné par ses épaules.

Très vite, Marion s'est tournée vers un métier qui l'éloignerait de ses parents : la diplomatie internationale. Pas étonnant après des années passées au milieu de parents occupés à se disputer. Elle était d'ailleurs partie avec le premier venu, un policier rencontré en discothèque. Ils avaient dansé sur *Destinée*, de Guy Marchand. Elle y avait vu un signe, et l'avait épousé pour ne pas déshonorer ses parents. Aucune des deux familles n'avait été conviée à la mairie. Plus tard, elle était tombée enceinte d'un garçon, puis avait divorcé à l'amiable. Quand le divorce a été prononcé, elle a accepté un poste à l'étranger, à Londres, puis à Singapour, ce qui n'était pas pour déplaire à son ex-mari, rassuré de ne pas devoir jouer les nouveaux pères modèles, de ceux qui se disent contents d'avoir obtenu la garde alternée. Des visites aux vacances scolaires, ça leur allait tous très bien !

Ferdinand n'avait jamais compris comment sa fille pouvait demander le divorce et abandonner son mari, que certes il ne portait pas dans son cœur. Marion ne lui en a pas tenu rigueur. Contre toute attente, elle s'est toujours montrée indulgente avec son père, lui trouvant des excuses pour ses absences, prenant sa défense auprès de sa mère.

Quand ce fut au tour de Ferdinand de recevoir la lettre de Louise lui demandant le divorce, il avait d'abord cru à une blague. Un tour venu bien tard, à plus de soixante-quinze ans, quand on ne s'y attend plus, qu'on croit que le plus dur est derrière nous, que l'heure de payer ses dettes est passée... et que le facteur a oublié notre adresse.

15

Je ne mange pas de ce pain-là

Ferdinand ne sait pas pourquoi, mais alors que ses douleurs avaient disparu depuis deux semaines, juste après la fameuse nuit musicale d'accueil, une douleur dans le bas du visage s'est réveillée. Sur les conseils de son médecin, il porte donc à nouveau son bandage et reprend des comprimés.

Il est plus de midi, mais avec sa mâchoire enturbannée le vieil homme redoute l'heure des repas qui se transforment en soupe à la grimace. Il s'est résigné à changer son rumsteck habituel pour du jambon blanc, les macaronis pour des coquillettes. Et encore, il peut désormais absorber autre chose que de la soupe, même s'il doit toujours manger à la cuillère. Un déshonneur qui a comme un avant-goût de maison de retraite... Mais ce qui irrite le plus

Ferdinand, c'est la carafe d'eau qui trône sur la table en Formica. Le médecin a été strict : pas d'alcool ! Armé de sa petite cuillère, Ferdinand entrouvre précautionneusement la bouche quand la sonnette retentit. Il se fige. Un œil sur la pendule : 12 h 18. La cuillère reste en suspension à deux centimètres de ses lèvres. Qui ose le déranger pendant le déjeuner ? *Moi, je suis pas là.*

Mais deux coups se font entendre. Ferdinand pousse un grognement, chausse ses patins et glisse vers la porte. En se baissant vers l'œilleton pour identifier le malotru : personne ! Tout ça pour ça... Ferdinand est encore appuyé contre la porte, l'œil inquisiteur, quand on sonne à nouveau. Qu'est-ce que c'est que cette blague ? Le vieil homme ouvre violemment la porte. Là, sur le paillasson, une petite fille. Toute frêle, en salopette et marinière. Elle n'a pas le temps d'ouvrir la bouche que Ferdinand l'arrête net :

— Pas la peine de te fatiguer, petite, j'ai déjà mon calendrier. Passer au mois d'avril n'est pas très fute-fute.

Il referme la porte quand une chaussure, pointure 34 à vue de nez, la bloque. Stupéfait, Ferdinand regarde la petite entrer chez lui et s'installer dans la cuisine.

— Non mais qu'est-ce que tu fais, là ? Je rêve ! Sors de chez moi, gamine. Illico !

— Si je peux me permettre, vous avez une tête d'œuf de Pâques ! Moi, si je devais me suicider, je ne me jetterais pas sous un bus. Trop de risques de se rater, non ?

La mâchoire de Ferdinand s'apprête à lâcher quand la petite enchaîne :

— J'ai apporté des pâtes de fruits. Je me suis dit que ça nous ferait un dessert. Je parie que vous n'avez rien dans votre frigo.

Elle se lève et ponctue son inspection rapide d'un «bingo !». Ferdinand, interdit, observe sidéré cette petite qui déambule chez lui. Personne n'a mis les pieds dans sa cuisine depuis des années. Personne !

— Il faudra faire un sérieux coup de ménage avant que Mme Suarez vienne chez vous mercredi. Sinon, c'en est fini ! conclut la petite fille en se rasseyant.

Trop, c'est trop. Ferdinand parvient enfin à laisser sortir des bribes de pensée de sa bouche :

— Non mais, t'es qui toi, d'abord ? Et qu'est-ce que tu fais dans ma cuisine ? Et on me parle pas comme ça ! Non, mais oh…

— Je suis venue déjeuner ! Je n'aime pas la cantine. Moi, c'est Juliette. Je vais vous appeler Ferdinand, ce sera plus simple.

— Je vais le répéter qu'une fois : tu prends tes cliques et tes claques et tu fiches le camp d'ici. Effrontée !

— Je me disais que vous auriez peut-être besoin de vos médicaments. Non ? Vous les avez oubliés à la pharmacie.

Juliette pose le sac plastique de la pharmacie sur la table et reprend :

— Heureusement que je suis là ! Bon, on mange quoi ? Je meurs de faim. Jambon-coquillettes ? Vous avez une fourchette quelque part ? Je ne suis pas très petite cuillère… Je laisse ça à ma sœur Emma. Elle a un an et demi. Je crois que vous l'avez déjà rencontrée, mon père aussi d'ailleurs. On vient d'emménager à l'étage au-dessus, dans l'appartement de la coiffeuse. Il paraît qu'elle a décidé de partir parce qu'elle devenait méchante. J'ai rien compris…

Ferdinand reste coi. Il tombe sur sa chaise et désigne du doigt le tiroir du vaisselier, où sont rangés les couverts. D'une voix un peu plus calme, il tente à nouveau :

— Non mais tu peux pas débarquer comme ça. J'attends du monde ! Tu dois partir.

— Bah, s'il y en a pour deux ou trois, il y en a pour quatre ! Ils arrivent à quelle heure, vos invités ? Ce n'est pas tout mais l'école reprend à 13 h 30, faut pas traîner. Bon, je divise en deux et vous en referez, au besoin. Vous êtes sûr que vous ne voulez pas commencer ? Je ne suis pas très à l'aise de vous voir me regarder comme ça ! Vous savez qu'on dit que vous êtes un *serial killer*? Et que vous auriez tué votre femme? Vous êtes marié, Ferdinand? interroge la petite la bouche pleine.

Le vieil homme ferme les yeux. Ce n'est qu'un mauvais rêve. Il va se réveiller, et tout sera comme avant. Il rouvre les yeux : 12 h 50, la moitié du plat a disparu, son estomac crie toujours famine, et la petite pipelette est toujours là.

— Prenez au moins des pâtes de fruits. Vous allez tourner de l'œil. Je les ai achetées avec l'argent de la cantine.

Juliette s'essuie la bouche sur sa manche et ajoute :

— Bon, je file maintenant. Je dois retourner à la pharmacie chercher le lait de croissance de ma sœur. De rien pour les médicaments. À demain, 12 h 15 ! Je ramène le pain et le dessert.

Le tsunami était parti. Aussi vite qu'il était survenu. Après son passage, flottaient encore des mots improbables comme « œuf de Pâques », « *serial killer* » ou « pâtes de fruits ». Tout tournoyait autour de Ferdinand. Seule chose dont il était certain : le lendemain, à 12 h 15, il n'ouvrirait pas ! La petite avait profité de l'effet de surprise, d'un moment de faiblesse dû à son accident. Mais le lendemain il ne se ferait pas avoir.

— Pas par une enfant ! pesta-t-il en tapant du poing sur la table.

Dans un état d'hypoglycémie avancé, il attrapa la boîte de pâtes de fruits et engloutit un morceau saveur orange. La totalité de la boîte suivit.

16

Être bon pour Sainte-Anne

Ferdinand est préoccupé. Il a oublié quelque chose mais ne sait plus quoi. Cela l'inquiète un peu. Beaucoup, même. Ferdinand est hypocondriaque. Il ne faudrait pas que ce soit Alzheimer… Tout sauf ça ! Perdre la tête, c'est ce qu'il y aurait de pire. Déjà qu'il devient sourd… Il doit garder toute sa tête. Et ses jambes aussi. Sinon il ne pourra plus monter les treize marches jusqu'à son appartement. Et il devra déménager. Voire aller dans une maison de retraite. Ah non, tout sauf la maison de retraite.

D'ailleurs, il attend la vieille dinde et son inspection à la noix. Il est prêt à la recevoir comme il se doit. Prêt ! Heu, prêt ? Mme Suarez vient le lendemain et *rien* n'est prêt ! Il devait ranger, sortir les poubelles, faire les courses, le ménage, prendre un bain, voire se laver les cheveux. Son repaire est dans un bazar sans nom. La vieille va défaillir rien qu'avec l'odeur : entre les poubelles, la poussière, les effluves de graillon et de naphtaline, même lui reconnaît que ça ne sent pas la rose. En même temps, si elle clamse, ça résoudrait tous ses problèmes ! Enfin, sauf si elle claque chez lui. On le prendrait encore pour un *serial killer* !

12 h 55. Il ne sera jamais prêt… À moins d'un miracle !

17

Ne pas y aller avec le dos de la cuillère

12 h 15 tapantes, Juliette se présente au premier étage, porte de gauche.

— Ferdinand, c'est moi, Juliette. Ouvrez ! Je sais que vous êtes là. Je vous ai vu rentrer de chez le charcutier en longeant les murs. J'ai apporté du pain !

Derrière sa porte, Ferdinand opine du chef. *Elle peut bien se le carrer où je pense, son pain. Et puis, il m'en reste d'avant-hier, ça sera très bien.* La petite sonne à nouveau.

— Bon, je m'en fiche, si vous ne m'ouvrez pas, je continue de sonner jusqu'à 13 h 15. Être fille unique si longtemps m'a appris la patience. Ouvrez ! J'ai quelque chose pour vous...

Ferdinand ne se fera pas avoir par cette petite manipulatrice. Il est intrigué mais pas question qu'elle s'invite à déjeuner tous les jours chez lui. Il tient à sa tranquillité. Et puis, il n'est pas cuisinier, et encore moins nounou. Et aujourd'hui, il n'a pas le temps pour ces gamineries, il a d'autres préoccupations, en l'occurrence la visite de Mme Suarez. Cependant, comme le laisse deviner son ventre qui se met à faire des siennes, il ne peut s'empêcher de saliver en repensant aux confiseries si fondantes de la veille. Un coup d'œil à la boîte de pâtes de fruits vide et il se risque à questionner à travers la porte :

— Qu'est-ce que tu aurais ramené de si extraordinaire pour que j'accepte de te laisser entrer ? Des pâtes de fruits ? Parce que si c'est ça, ça m'intéresse pas du tout. Il m'en reste plein. Et j'ai pas le temps de manger, moi, aujourd'hui ; et encore moins de faire du baby-sitting. Gratuitement en plus !

— Deux choses. Premièrement, je parie qu'il ne reste plus rien de la boîte d'hier. Alors, j'ai acheté un dessert. J'ai changé : j'ai pris des marrons glacés. Deuxièmement, j'ai apporté autre chose. Ce n'est pas demain que Mme Suarez vient ?

Mais si ! La vieille dinde ne vient que demain : c'est mercredi, l'inspection, et nous ne sommes que mardi ! Ferdinand soupire de soulagement. Il a un peu plus de temps pour son grand chantier. Comment a-t-il pu se tromper ? Et surtout comment la petite est-elle au courant ?

— Écoute, mademoiselle Je-sais-tout, oui, Mme Suarez vient demain. Mais ce ne sont pas tes oignons ! Et pour ton information, les pâtes de fruits étaient même pas si bonnes que ça. Tu peux rentrer chez toi, et salue ton père pour moi !

Juliette ne se laisse pas démonter :

— Je me suis dit qu'à part le vinaigre blanc que vous mettez dans vos assaisonnements, vous ne deviez pas avoir grand-chose pour récurer votre appartement. J'ai donc pris, si ça vous intéresse bien sûr, un produit pour laver le sol, un produit pour salle de bains et cuisine, un anticalcaire, un produit pour vitres, deux éponges, trois chiffons et une serpillière. On a un sacré stock à la maison : il faut croire que notre aide-ménagère a peur de manquer.

La porte s'ouvre comme par magie. Un « Sésame, ouvre-toi » n'aurait pas été plus efficace. Impassible de mauvaise foi, Ferdinand enchaîne :

— Je t'attendais pour déjeuner, petite. C'est prêt. Dépêche-toi, c'est en train de refroidir. Dis-moi, quand tu parles d'un produit pour les vitres, tu crois que c'est vraiment la peine de faire les carreaux pour Mme Suarez ? Il a plu toute la semaine, ça lave, non ?

Juliette s'assied sur la même chaise en Formica bleue que la veille, en face de Ferdinand.

— Je ne sais pas si vous avez remarqué, dit-elle en pointant la fenêtre du doigt, mais Mme Suarez fait ses vitres tous les samedis, avant de recevoir ses amies. Quand je suis venue hier, je n'ai rien osé dire mais vos fenêtres sont tellement sales qu'on se croirait en pleine nuit. Mme Suarez risque de tiquer, même si le reste de l'appartement est nickel. Il faudra aussi nettoyer votre frigo, enchaîne Juliette en y mettant un sac en plastique. Elle doit vérifier que vous vous nourrissez, donc je vous ai ramené des œufs et des haricots verts. Ça sera toujours mieux que de l'emmental moisi et du beurre rance. Vous les jetez vous-même, ou je le fais maintenant ? demande Juliette, qui, sans attendre la réponse, attrape les deux bombes bactériologiques et les envoie dans le sac à ordures.

Ferdinand n'a plus vraiment faim avec toute cette histoire de ménage. La dernière fois remonte à tellement longtemps que ça le déprime d'avance de devoir récurer, frotter, lessiver, dépoussiérer… Déjà que descendre une poubelle lui prend des jours. Des jours à tourner autour avant de se décider à la sortir, poussé par l'odeur nauséabonde qui émane du sac et embaume la cuisine. C'est bien simple : pour connaître les jours où Ferdinand a jeté un sac aux ordures, il suffit d'observer sa fenêtre de cuisine : quand elle est ouverte, c'est qu'il s'est enfin décidé, juste avant que les petites bêtes n'arrivent. Alors, le ménage, il déteste ! De toute sa vie, il ne l'a d'ailleurs peut-être vraiment fait que deux fois. Et encore, il n'a aucun souvenir concret. Il en est presque à se dire qu'il ne serait pas si mal en maison de retraite. Au moins, il n'aurait pas à se préoccuper du ménage, du linge, des repas. Tout à ses pensées, il repousse son assiette et fouille dans le sac plastique que Juliette a mis dans le frigo, à la recherche des marrons.

Juliette demande :

— Vous reprendrez une autre cuillère de coquillettes ou je peux finir ?

— On dit pas une « cuillère » ! On dit une « cuillerée ». Ils t'ont rien appris, tes parents ?

— Ma mère est morte. Mon père travaille beaucoup. Il est paysagiste à son compte, spécialisé dans le développement durable.

— Mais, bon. Tu vas bien à l'école ? T'es en quelle classe ?

— En CM2.

— En CM2 ? Tu as la langue bien pendue pour ton âge !

— C'est aussi l'avis de la maîtresse. À mon tour de poser des questions : et vous, pourquoi vous êtes tout seul ? Votre femme est morte ?

— Qu'est-ce qui te fait dire que j'ai eu une femme ?

— Bah, vous avez l'air de quelqu'un qui pense que sa vie est finie. Vous me rappelez ces vieux qui croient que chaque jour qui passe ne vaut pas la peine d'être vécu, qu'ils seraient mieux morts car ils ne connaîtront plus jamais le bonheur. J'ai lu un livre sur le sujet. Ça s'appelait *Vieillesse, déprime et dépendance*.

— Non mais t'es pas bien de lire des trucs comme ça ? T'as un grain, ma petite ! Je te le dis !

— C'était pour mieux comprendre ma grand-mère. Elle était très triste quand son ami est mort. Vous lisez quoi, vous ? Des policiers, je parie. Bon, et alors, qu'est-ce qui est arrivé à votre femme ?

— J'aime pas en parler. Après, je m'énerve. J'ai des regrets. J'aurais pas dû faire certaines choses. Mais maintenant, c'est trop tard. Bon, allez, il est l'heure de partir, Juliette. On parlera littérature une prochaine fois.

Au moment où ces mots sortent de sa bouche, Ferdinand aimerait les rattraper au vol : il n'aimerait pas qu'elle prenne ça pour une invitation à s'incruster tous les midi pour déjeuner, il a d'autres chats à fouetter !

— OK. Je file. Au fait, vous savez vous servir des produits que je vous ai amenés ?

Ferdinand prend un air indigné. Juliette continue :

— En plus des toilettes, vous n'oublierez pas de lessiver par terre. Le sol est poisseux, j'ai les baskets qui collent au parquet et une lamelle vient de s'arracher. Ce n'est pas comme ça chez les gens, normalement…

Ferdinand se demande soudain si étrangler une fillette insolente est répressible par la loi. Mais il referme la porte sur une Juliette saine et sauve (et rassasiée), tout en calculant jusqu'à quelle heure il peut repousser la corvée de ménage. Il ferait bien une petite sieste en écoutant son émission de radio préférée, «L'heure du crime». Autant faire passer les plaisirs avant les corvées. De toute façon, il a beau faire et refaire les calculs, il arrive au même résultat : il est affreusement en retard. Il va donc être obligé de faire des compromis. Certainement sur les vitres, les toilettes sûrement aussi. Pour le rangement, il va bien trouver un placard où mettre en vrac tout ce qui n'a pas trouvé de place depuis deux ans. Pour le reste, il est mal.

Tant pis, foutu pour foutu, Ferdinand s'installe dans son fauteuil, surélève ses pieds, tire la couverture sur lui et guette le début de son émission, les paupières déjà terriblement lourdes. Ça peut attendre demain et il fera au mieux : la vieille dinde n'est pas la reine d'Angleterre ! Un petit tour de passe-passe et elle n'y verra que du feu.

Un problème persiste toutefois. Si Mme Suarez ne vient que le lendemain, comme prévu, Ferdinand doit tout de même s'attaquer à ce maudit ménage, au plus vite. Une phrase lui revient soudain en mémoire, un de ses anciens supérieurs la lui sortait chaque fois que Ferdinand faisait une suggestion : «Chacun son métier et les vaches seront bien gardées.» Une façon de l'envoyer paître et de lui demander de se concentrer sur son travail, pas sur celui du voisin. Et c'est vrai que son truc, à Ferdinand, son point fort, c'est… C'est quoi d'ailleurs ? Une chose est certaine : ce n'est pas le ménage ! En revanche, une femme, plus précisément une femme de ménage saurait résoudre son problème. Mais où trouver une experte en ménage aussi rapidement ?

Ferdinand voit deux options, soit demander à Juliette les coordonnées de leur aide-ménagère (celle à qui elle a emprunté tous les produits ménagers), soit demander celles de n'importe quelle voisine. Le souci, c'est que Ferdinand n'a pas envie que Juliette sache qu'il n'a pas été fichu de faire son ménage. Il avait le temps, il avait les produits. Mais pas l'envie, ni le courage. Quant à la deuxième option, il faudrait trouver une voisine qui ne dise rien à Mme Suarez, et ça, c'est mission impossible. Ferdinand se trouve dans une impasse. Ou alors il pourrait appeler une agence de services à la personne au hasard et prier pour qu'elle lui envoie une femme de ménage compétente. Mais ça se saurait si elles étaient toutes des fées du logis ! L'heure tourne. Ferdinand décide d'aller installer la diversion destinée à Mme Suarez.

Une fois son traquenard tendu, il remonte l'escalier lorsqu'il entend la porte du premier étage claquer. Mince, c'est la vieille chouette. Il ne veut pas la croiser, pas maintenant. Elle va lui demander comment il va depuis que Daisy… enfin bref. Le dos collé au mur, il se risque à jeter un œil. Oh, non, elle porte des bouteilles en verre. Elle va tout faire rater si elle descend au local à poubelles. Zut ! Ferdinand n'a pas le choix, il doit la retenir, sinon c'est la maison de retraite assurée ! Il grimpe les dernières marches et lance :

— Bonjour, madame. Dites-moi, j'avais justement une faveur à vous demander. J'aimerais vous en toucher deux mots, si cela ne vous dérange pas. C'est important et extrêmement urgent.

— Bien sûr, monsieur Brun, qu'y a-t-il ? Rien de grave, j'espère ?

— Non, rien de grave, mais vous savez, depuis la mort de ma chienne, il y a beaucoup trop de souvenirs à la maison. Ça serait plus facile pour moi de faire mon deuil si j'avais un peu d'aide pour ranger ses affaires.

— Heu, je m'apprêtais à aller à l'église. J'y organise des visites guidées. Mais demain après-midi je peux vous donner un coup de main, si vous voulez. Je comprends que ce ne soit pas facile, en effet.

— C'est très gentil à vous, mais je pensais plutôt à votre femme de ménage. Vous avez bien une femme de ménage ?

Béatrice acquiesce.

— Pourriez-vous lui demander cette faveur pour moi ? Le plus tôt serait le mieux.

— Si c'est aussi urgent, appelons-la dès à présent.

Béatrice ressort les clés de son sac et fait signe à Ferdinand de la suivre. De sa voisine, il n'avait jamais vu plus que le paillasson vert.

Dès ses premiers pas dans l'entrée, il est ébloui par la luminosité et la beauté des lieux. Comment un appartement en tout point identique au sien peut-il être aussi différent ? Magnifique, même. Comment peut-il être baigné de soleil à 15 h 50 en hiver ? Tout est parfaitement en ordre et d'une propreté éclatante. On se croirait dans un hôtel particulier. Aux murs, un papier peint discret à l'anglaise, avec de belles moulures et menuiseries. Les lustres à pampilles et le parquet en point de Hongrie donnent l'impression d'une salle de bal. Les meubles de famille, tout en rondeur, sont ornés de poignées finement dorées. Aux murs, de nombreuses peintures à l'huile. Ces portraits obscurs donnent un côté solennel à l'appartement. Au-dessus de la vieille cheminée trône un tableau de maître, le portrait d'un maréchal d'Empire, sûrement un illustre membre de la famille Claudel.

Le plus impressionnant reste cependant la bibliothèque. Elle occupe toute la longueur du mur de la salle à manger. Le bois est magnifique, les finitions sont délicates. Les larges étagères accueillent des centaines de livres anciens, rangés par éditeurs, dont les reliures dorées s'accordent parfaitement avec la couleur ambrée du bois. Ferdinand ne s'y connaît pas du tout en art, en littérature, ni même en décoration, mais en bois, si : la beauté du parquet, des plinthes et de la bibliothèque suffit à l'impressionner et à l'informer de la bonne naissance de son hôte.

— Monsieur Brun ? Vous êtes toujours avec moi ? Je suis au téléphone avec Katia. Mon aide-ménagère. Elle peut venir demain matin à 9 heures si vous le souhaitez. C'était l'heure qui m'était réservée mais je m'accommoderai du bazar et de la poussière quelques jours de plus, ne vous en faites pas.

Bazar ? Poussière ? Ici ?

— Monsieur Brun ? C'est bon pour vous ?

— Oui, c'est parfait. Merci beaucoup pour votre aide, madame…

— Claudel, Béatrice Claudel ! Allez, sortons, je suis affreusement en retard.

Ferdinand devance Béatrice sur le palier mais s'arrête sur le pas de sa porte, à la recherche de ses clés. Béatrice, pressée comme à son habitude, le salue une dernière fois avant de descendre l'escalier. C'est bon, elle est partie. Hors de question qu'elle aperçoive l'intérieur de son appartement à lui. Après ce qu'il a vu, Ferdinand n'osera jamais la faire entrer chez lui.

En tout cas son problème de ménage est résolu : demain une experte de la poussière et du rangement viendra s'occuper de son appartement. Mais une question le turlupine depuis qu'il a songé à faire appel à une aide-ménagère, et d'autant plus depuis la visite chez sa voisine. Combien coûte une femme de ménage habituée à briquer des maisons de riches ? Il en est là de ses réflexions quand la sirène des pompiers retentit dans la cour intérieure. *Flûte ! j'ai pas eu le temps d'appeler les pompiers… Bon, ils sont déjà là, c'est le principal. J'espère que ma petite diversion va être vite maîtrisée et que ça fera pas la une des journaux demain…*

Depuis sa fenêtre, Ferdinand observe le ballet des hommes du feu. Après plus d'une heure et demie à batailler dans le fond de la cour, ils parviennent à extraire du local à poubelles une pauvre boîte en fer en flammes et s'acharnent sur elle avec leur lance jusqu'à inonder les belles jardinières de Mme Suarez, qui, d'ailleurs, fait marcher son monde à la baguette.

Ferdinand regarde la pendule. 18 h 12 : la vieille dinde ne viendra pas aujourd'hui pour son inspection ! Il est sauvé. Au même moment, la concierge lève la tête et aperçoit le vieillard qui l'observe. D'un geste de la main, elle le salue de loin, tout en murmurant :

— Tu ne perds rien pour attendre, vieux schnock !

19

Se mettre la rate au court-bouillon

Comme tous les mercredis soir, le programme télé est déprimant. Pas un film, seulement des rediffusions de séries américaines ou des téléfilms français dont l'intrigue ne vole pas bien haut. Tout ça pour pousser les gens à aller au cinéma. Ferdinand, lui, a opté pour *Les Experts,* en fond sonore ce sera très bien. La journée pourrait avoir été réjouissante, l'inspection de Mme Suarez s'est bien passée, mais il est préoccupé. Il a passé la soirée à essayer d'appeler sa fille pour la tenir informée de la visite de la concierge, avant que la vieille dinde ne réécrive l'histoire, cependant le téléphone a sonné dans le vide.

Marion fait partie de ces personnes insupportables qui ne décrochent jamais leur téléphone. Ferdinand s'y est résolu avec les années. Pourtant, là, c'était vraiment important. Après plus de vingt-cinq tentatives infructueuses, il est agacé. Et s'il y avait une urgence ? Comment pourrait-il la prévenir ? Il a même essayé son portable. C'est pire : ça ne sonne pas du tout et on ne lui propose même pas de laisser un message vocal. Marion va encore lui sortir son excuse habituelle : « Ah oui, je n'avais certainement plus de batterie. » Est-ce qu'elle ne pourrait pas se montrer un peu responsable pour une fois ? ! Dire qu'il avait presque pensé s'excuser pour leur dernière conversation. Ça ne risque pas de lui retraverser l'esprit avant un bon moment...

Ce n'est pas la première fois que Marion est injoignable mais c'est la première fois que cela le met dans cet état. Quelque chose le travaille. D'ailleurs il n'a rien pu avaler à part quelques cuillerées d'un velouté aux pommes de terre sans saveur. Cela faisait plusieurs jours qu'il allait mieux, et de nouveau, il ressent une immense tristesse. Une solitude encore plus grande. Comme un malade en rechute. Et tout le monde semble s'en moquer. Il se retranche derrière sa colère, mais il sait que son mal-être n'a pas vraiment de rapport avec Marion. Sa relation en pointillés avec sa fille, il en a l'habitude.

Il lui a manqué quelque chose d'autre. Par rapport à la veille et à l'avant-veille. Juliette... Il soupire, c'est ça qui le tracasse ! Elle n'est pas venue de toute la journée. Même si elle n'avait pas dit qu'elle reviendrait, Ferdinand l'a attendue pour déjeuner. Espérée ? Non, faut pas pousser mémé dans les orties… Mais, mine de rien, cette petite est plutôt de bonne compagnie. Un peu comme Daisy, mais à sa façon. Mal élevée, à dire tout ce qui lui passe par la tête, sans aucun respect pour ses aînés. Divertissante, tout de même, avec ses questions impertinentes et ses lectures improbables. On verra demain, enfin, si elle revient. Il lui racontera la visite de Mme Suarez.

Ferdinand somnole quand un bruit sourd, comme un martèlement sur un carreau de verre épais, le fait sursauter. Il ouvre les yeux. Quelque chose bouge sur le balcon du salon, juste devant lui. Une petite ombre. On dirait… la silhouette frêle d'un enfant. Juliette ! Elle gesticule sur le balcon et tambourine à la fenêtre. Le vieil homme se frotte les yeux : il rêve ou la petite est vraiment là à lui faire coucou ? *Elle a vraiment une araignée au plafond !* se dit-il en allant lui ouvrir.

— Mais t'es pas bien de sauter du deuxième étage ! T'as un grain ?! Tu aurais pu te tuer ! Et il fait un froid de canard. Rentre vite !

— Je n'ai pas sauté ! Je ne suis pas folle, quand même… Je suis descendue jeter la poubelle et ensuite j'ai pensé venir voir. Je ne voulais pas sonner au cas où vous dormiriez, alors j'ai grimpé au grillage des rosiers. Un étage, c'est facile. D'ailleurs, j'espère que vous fermez vos volets le soir.

On peut rentrer chez vous comme dans un moulin, si vous voulez mon avis !

— Tu voulais pas me réveiller en sonnant, mais tu tapes comme une folle sur mes vitres toutes propres ! Tu crois pas que ça me dérange encore plus ? Et d'ailleurs qu'est-ce que tu fais là à une heure pareille ? Une petite fille de… de ton âge ne devrait-elle pas être au lit depuis longtemps à 21 h 35 ?! Que va dire ton père s'il te voit pas revenir des poubelles ?

— Ce soir, il travaille sur un nouveau chantier. C'est Katia, notre aide-ménagère, qui nous garde. Elle s'est endormie devant la télé. Vous l'avez épuisée ce matin. Je ne l'avais jamais vue louper un épisode des *Experts*.

Juliette s'assied sur le canapé et s'enroule dans la couverture.

— Vous avez dû le remarquer, je n'ai pas pu venir à midi. On est mercredi et le mercredi, c'est déjeuner avec papa comme il n'y a pas école. Alors, comment s'est passée l'inspection de Mme Suarez ? Je suppose que notre aide-ménagère a fait un travail du tonnerre. Ça sent encore le propre.

— Hé, mademoiselle l'Effrontée, j'ai pas fait appel à votre aide-ménagère. J'avais tes produits et ç'a été de la gnognotte. J'ai…

— N'essayez pas de mentir, Ferdinand. C'est Mme Claudel qui nous a conseillé son aide-ménagère quand on est arrivé dans l'immeuble. Katia m'a tout raconté. Elle m'a parlé de certains endroits, genre derrière le frigo… Elle n'avait jamais vu ça ! Et donc, qu'a dit Mme Suarez devant tant de propreté ? Elle a fait sa bouche en cul de poule comme quand elle est vexée de ne pas trouver quoi que ce soit à redire ?

— Tu la connais bien, dis-moi ! Effectivement, Mme Suarez est restée égale à elle-même. Un vrai petit chef de la Gestapo.

Ferdinand se lève de son fauteuil et se met à déambuler devant Juliette, dans une pâle imitation de la concierge.

— Elle a fait son devoir, en silence, les sourcils froncés, la bouche pincée : elle est entrée, a zieuté chaque pièce, ouvert chaque placard, vérifié les produits ménagers sous l'évier, inspecté les fenêtres, examiné le balcon, dévissé le savon liquide pour le renifler, scruté les éponges, décroché le combiné du téléphone, jeté un œil dans la poubelle, et soulevé le dessus-de-lit pour voir si les draps étaient propres. Elle a esquissé un sourire quand elle a trouvé un peu de poussière sur le haut des plinthes. Elle m'a aussi sommé d'enlever le sac plastique du frigo, sinon les haricots verts allaient pourrir.

— Ah oui, j'aurais dû y penser…

— Mais au bout du compte, je crois que ça s'est bien passé. J'avais même pris un bain la veille et mis de l'eau de Cologne. Le président de la République aurait pas été mieux reçu ! D'ailleurs, j'ai été un peu faux-cul : je lui ai proposé un café. Elle n'a même pas daigné répondre, elle a seulement fait une moue du genre : «Un café avec cette vieille machine à filtres qui ne fait que du jus de chaussette ?» Elle revient le mois prochain. Je vais pas supporter ces inspections éternellement. Je suis pas un gamin ! J'ai essayé d'appeler Marion pour arrêter cette mascarade. Mais faut croire qu'elle fait exprès de pas me répondre... Dis-moi, tu veux grignoter quelque chose ? J'ai peut-être des bretzels, dit Ferdinand en ouvrant la porte du buffet.

— Je préfère autant des cornichons, s'il en reste.

Le vieil homme ramène le bocal et se rassied dans son fauteuil.

— Je suis contente que tout se soit bien passé avec Mme Suarez. Elle n'a pas été surprise de ne pas trouver d'alcool chez vous ?

— Pourquoi tu dis ça ?! Qu'est-ce que tu en sais ? C'est ton aide-ménagère qui t'a dit quelque chose ? Je suis pas alcoolique. Donc c'est logique qu'il n'y ait pas une goutte d'alcool chez moi. Qu'est-ce que tu insinues ?

— Du calme, Ferdinand, je n'insinue rien du tout. Je dis juste que c'est louche qu'il n'y ait ni vin, ni apéritif, ni digestif. Alors que vous avez des verres à Ricard et des verres ballons. Ça sent la planque.

— N'importe quoi, Juliette ! Tu as vraiment une imagination débordante pour ton âge…

— Et elle n'a rien dit à propos de votre… coupe-choux ? Ça s'appelle comme ça, non ? Bref, il fait un peu peur, votre vieux rasoir. Je vous rappelle qu'elle est chargée de vérifier que vous ne voulez pas vous faire du mal, ni à vous ni aux autres.

— Mais t'es pas bien de dire des choses pareilles ? Où tu vas chercher des idées comme ça ?

— Dans un des livres que je vous ai empruntés, dans votre collection d'*Histoires extraordinaires* de Pierre Bellemare.

— Tu m'as emprunté un bouquin ? Mais quand ? T'es pas gênée de te servir comme ça !

— La dernière fois. D'ailleurs, si je peux me permettre, vos lectures, ça ne va pas du tout. Et si Mme Suarez n'a encore rien dit, c'est qu'elle n'a pas vu que vous n'aviez que des histoires de meurtres, de policiers véreux ou des bouquins sur la guerre.

— Pas du tout, j'ai aussi un dictionnaire et des…

Devant l'hésitation de Ferdinand, Juliette conclut :

— Ah oui, c'est vrai, vous avez aussi des livres sur les chiens. Mais comme par hasard sur les chiens de garde et d'attaque. Ça ne va pas améliorer l'image que Mme Suarez a de vous. Un *serial killer* : vous vous souvenez ?

— Je m'en bats l'œil ! Qu'elle aille au diable, la vieille dinde ! Je vais pas acheter des livres pour lui faire plaisir ! Je lis plus, de toute façon, ça sert à rien. Le temps passe pas plus vite et j'ai personne avec qui en discuter après !

— Je peux vous aider à rendre votre bibliothèque présentable. Vous apporter des livres d'horticulture de mon père, par exemple ? Mais je doute que des livres de jardinage vous intéressent, dit Juliette en regardant autour d'elle. Vous n'avez aucune plante. Même pas sur le balcon. C'est dommage.

— Concentrons-nous, veux-tu ? OK pour les livres de ton père. Donc, si je récapitule, ma deuxième inspection risque de tourner au vinaigre à cause d'un rasoir et de l'alcool ? Je ferai en sorte d'acheter tout ça ! Mais tu sais combien ça coûte un rasoir plus moderne ? Les lames surtout : trente euros le paquet de cinq ! Et l'alcool, c'est pas donné. Quant aux plantes, tu peux oublier. C'est un truc de bonnes femmes.

— Allez dire ça à mon père, vous allez être reçu ! rétorque Juliette en souriant.

— Ce que je veux dire, c'est que c'est pas *du tout* mon truc. Moi, je suis plutôt du genre Roundup, tu vois ! Où je passe, tout trépasse. C'était ma femme qui avait la main verte.

— Et elle est où votre femme, alors ?

— On s'est séparés il y a des années. C'est elle qui m'a quitté. Voilà. Tu sais tout.

— C'est tout ?

— Te vexe pas mais je ne t'en dirai pas plus. Et puis, pourquoi tu t'intéresses à la vie d'un vieux monsieur comme moi ? Une petite fille de ton âge n'a pas mieux à faire ?

— Disons que je suis différente. Un peu précoce, il paraît, précise Juliette en attrapant un énième cornichon. Comme je connais des choses qui n'intéressent pas les filles et les garçons de mon âge, ils m'appellent « l'Intello ». Ils me trouvent hautaine parce que j'utilise des mots de plus de deux syllabes. Je ne fais pas exprès, je suis comme ça ! Moi, ce qui me plaît, c'est jardiner, jouer au Scrabble ou à « Questions pour un champion », lire, observer les gens, manger des bonnes choses… C'est peut-être pour ça que je préfère être avec des personnes plus âgées. On dit qu'on devient adulte quand on prend conscience qu'on doit mourir un jour. Pour moi, ça a été à six ans, à l'âge où l'on apprend à lire et à écrire, pas à compter les personnes qui manquent. C'est quand j'ai perdu mon grand-père paternel. Un stupide accident de vélo. Ça a été un choc pour moi. Je l'adorais, mon papy.

— C'est pour ça que tu viens me voir ?

— Ne vous vexez pas, mais vous êtes diamétralement opposés. J'ai commencé à vous rendre visite car vous étiez le seul pépé de la résidence, et que je voulais éviter la cantine. Maintenant, je vous aime bien. Vous me faites rire et j'en ai besoin. Ça a pas été drôle pour moi l'année dernière. Ma maman… Personne n'a rien pu faire. C'était une femme extraordinaire. Très belle et très intelligente aussi. Elle était grand reporter. Elle n'était pas souvent à la maison. Un jour, elle a été emmenée à l'hôpital. Elle avait reçu une balle dans le bras pendant un reportage. On l'a gardée en observation. Puis son état s'est aggravé. Ils ont découvert après coup qu'elle avait attrapé une maladie nosocomiale. Maman me manque énormément, mais j'essaie de ne pas penser trop souvent à elle. Je veux juste tenir ma promesse : bien travailler à l'école et être gentille avec papa et Emma. Voilà.

— Je suis désolé pour ta maman. Elle est très triste, ton histoire.

— Et vous, Ferdinand, pourquoi vous êtes tout seul ?

— Moi, mon histoire, c'est celle de tout le monde. Ma femme, elle en avait marre de moi, je crois. Marre de mes disparitions, de nos engueulades. Un jour, quand je suis revenu après plusieurs semaines d'absence, elle avait pris sa décision. Je l'avais pas vue venir. Elle avait

111

trouvé à me remplacer. Le facteur ! Tu te rends compte ?! Elle a pris le premier venu. Un Italien en plus ! Dire que cette ordure venait tous les jours lui faire la conversation ! Un jour, j'ai même fait la connerie de l'inviter à prendre le café à la maison. Moi, cocu ! Je l'ai jamais accepté. J'ai même voulu qu'elle meure. Ils sont partis s'installer dans le sud de la France. Je suppose qu'ils ont eu une vie minable.

Ferdinand fait une pause. Cela lui coûte de se confier. Plus qu'il n'aurait pu imaginer.

— Enfin bref, il y a quelques mois, elle est morte. Je l'ai appris par Marion. Une chute en sortant de la baignoire. Ça m'a fait un sacré coup. Pas tant sa mort, mais tout ce que cela signifiait. Au fond de moi, j'avais toujours pensé qu'elle reviendrait, qu'elle dirait : « Je regrette, je me suis trompée, je ne peux pas vivre sans toi. » Mais non. Elle n'a jamais regretté, apparemment. Tu vas dire que je suis naïf. Tu vois, de ma vie, il me reste plus que des échecs, des regrets. Un mariage raté, une fille qui m'aime pas et qui a fui à l'autre bout du monde, un petit-fils que j'ai dû voir huit fois… Ma seule raison de vivre était Daisy : sans le savoir vraiment, je vivais pour elle. C'est marrant, c'est ma femme qui me l'avait offerte pour notre dernier Noël. Parfois je me demande si elle avait déjà prévu de me quitter. Voilà. Tu sais tout.

— C'est pour ça que vous avez voulu mourir ? Vous avez choisi le bus pour faire comme Daisy ?

— C'est drôle... J'avais pas pensé que j'avais choisi le bus pour partir comme Daisy, renversé. Peut-être, après tout... Bon, et si on parlait de choses un peu plus gaies ? Et après tu files avant que ta nounou se réveille. Tu as appris quoi à l'école cette semaine ?

— Un truc assez intéressant. Ce n'est pas forcément plus gai. C'est les gestes d'urgence à faire en cas de fuite de gaz. Ça fait partie du nouveau module en test dans mon école : les gestes qui sauvent. J'avais déjà vu la manœuvre de Heimlich pour aider une personne qui s'étouffe.

— Moi, j'ai jamais appris ça. Encore moins à l'école. C'est facile à faire ?

— Avec le massage cardiaque, il y a quand même un risque de briser des côtes. Mais il vaut mieux avoir quelques os cassés et rester en vie selon moi. Je peux vous apprendre, si vous voulez.

— Pfff... À mon âge ? Ça vaut pas la peine. Et pour sauver qui ?

— Bah, moi ! Si un jour vous ouvrez le gaz et que vous avez des regrets, dit Juliette en souriant.

— Arrête tes bêtises, petite. Allez, rentre, maintenant.

Ferdinand raccompagne Juliette jusqu'à la porte.

— Juste pour savoir : tu as préféré quelle histoire de Pierre Bellemare ?

— Celle du vide-ordures aux yeux noirs. Elle fout les chocottes ! Depuis, j'ose plus utiliser celui du palier.

— Heu… oui. On peut dire qu'elle a été très efficace. D'ailleurs, je crois que je devrais vous…

— Je vais être impolie mais je dois filer. Je suis désolée, monsieur Brun. Mon cours de gym débute dans quinze minutes et je ne suis pas très rapide. Cependant je serais ravie d'en entendre plus sur les prouesses de Katia. Passez donc prendre le café aujourd'hui. Surtout, pas de manières : n'apportez ni fleurs ni chocolats. Je vous dis donc à tout à l'heure, monsieur Brun. Je vous attends pour 14 heures.

Ferdinand n'a pas le temps de décliner l'invitation de sa voisine que déjà elle disparaît dans l'escalier, sans même attendre de réponse. Comme si c'était une évidence que Ferdinand soit disponible, comme si c'était une évidence qu'il boive du café, comme si c'était une évidence qu'il ait envie de louper son émission de radio préférée.

Le vieil homme n'a pas le choix : il va devoir prendre sur lui une petite demi-heure, en échange de l'aide désintéressée que lui a apportée Mme Claudel. Ce sera la moindre des politesses.

La moindre des politesses ? Enfin, elle n'a pas non plus fait un effort démesuré, elle a juste passé un coup de fil ! Ferdinand ne va tout de même pas commencer à faire des compromis ! Depuis son accident, ses voisines s'engouffrent à l'envi, et à son insu, dans sa vie. D'abord Juliette, et maintenant Mme Claudel. Il faut se rendre à l'évidence :

il ne fait plus peur à personne et encore moins à ces deux paires de chromosomes X. Il n'y a qu'à voir leur façon de le déstabiliser et de le retourner en à peine deux phrases. Si Juliette a déjà marqué l'équivalent de huit points (contre zéro pour Ferdinand), Mme Claudel a fait ippon en trente secondes ! Non ! Ferdinand doit se ressaisir. Reprendre du poil de la bête. On ne change pas à son âge. Et encore moins en bien !

Toutefois, pour dire la vérité, Ferdinand est intrigué depuis qu'il a mis les pieds chez la vieille dame. D'autant que, d'après ce qu'il perçoit à travers l'œilleton, Béatrice Claudel semble avoir des journées très intéressantes, bien plus que les siennes. Cette invitation sera l'occasion de vérifier si ses hypothèses sur les activités de sa voisine se révèlent justes.

21

Nom d'une pipe en bois

14 h 5, indique la pendule de la cuisine de Ferdinand. Celui-ci se tient tout penaud sur le paillasson de sa voisine à se demander s'il est encore temps de faire marche arrière quand la porte s'ouvre en grand.

— Entrez donc, monsieur Brun. Je peux vous débarrasser de votre manteau ? N'ayez crainte, il ne fait pas froid ici. Mais que vois-je là ? Des chocolats ?

— Heu, non, ce sont des pâtes de fruits. Je sais que vous m'avez demandé de rien amener, mais je crois que ça se fait, quand on est invité. Je sais plus trop…

— Oh, mais il ne fallait pas ! Vous avez fait des folies ! J'adore les pâtes de fruits en plus. Cela me fait bien plaisir, merci beaucoup, monsieur Brun. Asseyez-vous. Vous prenez du sucre avec votre café ? demande Béatrice en poussant vers lui une tasse fumante.

— Heu, oui, s'il vous plaît. Il est vraiment très beau, votre appartement ! Très différent du mien.

— Nous l'avons acheté sur plans en 1957. Je dois encore avoir le dessin de l'architecte quelque part.

Béatrice sort d'un tiroir ce qui n'est pas loin de ressembler à un papyrus.

— Le papier est un peu jaune et le trait, presque effacé, mais on peut voir le potentiel du lieu, n'est-ce pas ? Ce qui est cocasse, c'est qu'initialement nous avions choisi votre appartement, car vous avez le soleil plus longtemps. Mais ils se sont trompés dans la répartition et finalement c'est à vos beaux-parents qu'il a été attribué. Nous n'avons pas voulu en faire tout un plat, alors nous avons gardé celui-ci et nous y avons fait quelques travaux avant d'emménager. Depuis je ne l'ai jamais quitté, si ce n'est pour partir en vacances, à l'étranger ou dans ma résidence secondaire, à Dinard. Je m'y plais beaucoup. Ces murs ont vu grandir mes quatre enfants, c'était vraiment la maison du bonheur. J'y ai de magnifiques souvenirs. Aujourd'hui, l'appartement est bien trop grand pour moi toute seule. Mais bon, je suis rarement là, je suis très occupée, entre mes activités à la paroisse, la gym, mon club de lecture, mes sorties au théâtre ou au cinéma, et le club de bridge. Vous jouez au bridge, monsieur Brun ?

— Heu, ça fait si longtemps que je serais bien incapable de me souvenir des règles.

— Quelle merveilleuse nouvelle ! Un joueur de bridge ! J'organise une partie toutes les deux semaines chez moi. Je compte sur vous pour la prochaine. C'est le mardi soir. Et ne vous inquiétez pas pour les règles : on les rappelle toujours avant chaque partie, c'est que l'on devient tous un peu vieux. Vous voulez une deuxième tasse ? Moi, j'en reprends toujours une.

— Heu, oui, votre café est très bon.

— Comme je reçois beaucoup de visites, de mes petits-enfants surtout, j'ai tout intérêt à avoir un café correct. En revanche, vous m'en voyez désolée, mais je ne vous propose pas de cigare, car je préférerais que l'odeur du tabac n'imprègne pas le salon. Mon arrière-petit-fils vient tout à l'heure.

— Aucun problème, je fume pas le cigare de toute façon. Qu'est-ce qui vous faisait penser le contraire ?

— Il m'avait semblé avoir senti l'odeur du cigare dans l'escalier derrière vous.

— Ah oui... Si ! Cela m'est arrivé quelquefois. Plus une coquetterie qu'autre chose. Pour vous dire la vérité, je déteste l'odeur du cigare, encore plus celle de la pipe, mais il m'arrive d'en allumer un, pour me donner un genre, j'imagine.

120

— Pourquoi pas ! Je vous laisse vous resservir en pâtes de fruits, monsieur Brun. J'en mets trois de côté pour mon arrière-petit-fils. Regardez, ce sont des photos de mes petits-enfants sur le cadre numérique. Ce n'est pas dans l'ordre mais cela vous donne une idée. Ils grandissent tellement vite. Là, c'est moi à la mer, avec eux. Maintenant, je suis obligée de mettre une combinaison de surfeur pour aller me baigner. Avec l'âge, je trouve la mer plus froide qu'avant.

— Ça en fait du monde ! Qui est la jeune femme à côté de vous ? On dirait Claire Chazal.

— Une de mes belles-filles. Pourquoi ?

— Non, pour rien. C'est une belle femme, Claire Chazal. Le genre qui me plaît bien. Et qui est la dame qui vous ressemble sur la photo, dans le cadre noir sur le buffet ?

— C'est ma sœur. Elle vient de nous quitter. Je reste encore très peinée de sa disparition. On se voyait tous les jours. C'est encore plus dur qu'à la mort de mon pauvre mari, car à l'époque avec quatre enfants, je n'avais pas d'autres choix que de continuer. *Show must go on,* comme disent les jeunes, ajoute Béatrice avec un accent anglais à couper au couteau.

— Je suis désolé, je voulais pas remuer des souvenirs douloureux.

— Oh, vous savez, ma sœur était une vieille dame, comme moi, et elle avait la chance de ne pas être malade. On se prépare à ce jour fatidique, mais on ne peut s'empêcher d'être triste quand il arrive. C'est la vie. Et puis, depuis quelques années elle était moins en forme. Elle est partie dans son sommeil, à quatre-vingt-neuf ans. J'aime à penser qu'elle est partie en rêvant. «Une belle mort», selon ses petits-enfants. Elle en avait trente-quatre, vous savez.

— Trente-quatre petits-enfants?! Mais elle avait combien d'enfants?

— Huit! Je ne vous dis pas le monde que cela fait aux réunions de famille. À côté d'elle, j'ai une toute petite famille, et c'est déjà compliqué pour arriver à voir tout le monde. Bien sûr, on ne peut pas empêcher certains de quitter leur grand-mère pour aller s'installer à l'étranger, ce serait égoïste et injuste. Moi, j'ai déjà vécu ma vie, et pleinement. Mais cela me fait toujours un coup au moral d'apprendre que l'un d'eux s'éloigne. Je me dis que c'est peut-être la dernière fois que je le vois. Pour eux, deux ans, cela ne représente pas grand-chose, pour moi, chaque semaine qui passe est comme un cadeau. Heureusement nous avons Skype, Facebook, les smartphones et les tablettes. Donc j'arrive à avoir de leurs nouvelles régulièrement, mais ce n'est pas pareil.

— Comment vous dites? Skip? Comme la lessive? Jamais entendu parler.

— Non, Skype avec un « Y ». Je crois que ça veut dire « ciel » en anglais. C'est pour téléphoner partout dans le monde, avec l'ordinateur. C'est gratuit. Et c'est très pratique car il y a la vidéo : donc on peut se voir, et très bien, même !

— Un peu comme dans *Total Recall* avec Arnold Schwarzenegger, quand il téléphone avec une espèce d'interphone vidéo ?

— Heu, je ne saurais vous dire. Je ne connais pas ce film. Et je n'aime pas trop l'ancien gouverneur de Californie…

— Il est plus connu pour ses films et son passé de bodybuilder que pour ses actions politiques, quand même. Mais c'est vrai que ça a fait un certain bruit en France quand il a interdit la vente de foie gras en Californie.

— J'aime bien votre compagnie, monsieur Brun, vous êtes rafraîchissant. Je ne vous cache pas que cela m'est de plus en plus difficile de passer des moments agréables avec les gens de mon âge. Je ne vous ferai pas l'affront de dire « de *notre* âge », monsieur Brun, plaisante la nonagénaire. Mais il ne se passe plus une semaine sans que je sois invitée à un enterrement ou qu'un de mes amis n'aille chez le médecin et se découvre atteint de Parkinson, d'Alzheimer ou d'un cancer. Rien que ce matin, j'ai appris que ma belle-sœur ne se porte pas bien. Ils lui ont trouvé quelque chose. Moi, je garde la foi, mais c'est dur quand on voit des proches, même plus jeunes, être emmenés avant nous. Le secret, pour ne pas sombrer, c'est d'apprendre à vivre avec, d'accepter que la mort fait partie de la vie. «Vieillir, c'est voir mourir les autres.» Je ne sais plus qui a dit cela, mais je trouve cela très juste. N'est-ce pas, monsieur Brun?

Béatrice enchaîne sans laisser le temps à Ferdinand de répondre.

— Et il est primordial, bien sûr, de trouver des occupations stimulantes pour ne pas finir rabougris du cerveau. Voire infantilisés par nos enfants! Je suis outrée de voir comment certains – pas les miens heureusement – se comportent parfois : qu'ils commandent à notre place au restaurant des portions enfant, ou qu'ils nous disent «laisse tomber» dès que l'on entend mal une discussion à table. Non mais… C'est vrai, non? Allez, j'arrête de vous embêter. Je vous invite pour parler de Katia et je vous enquiquine avec mes histoires de famille. Alors comment s'est passé le grand ménage de printemps?

— Très bien. Je voulais vraiment vous remercier, madame Claudel, pour votre aide. Sans vous, et Katia bien sûr, j'y serais pas arrivé. Je pense lui demander de l'aide pour le ménage de manière plus régulière, si ça vous dérange pas…

— Pas le moins du monde, monsieur Brun. Je sais qu'elle est déjà extrêmement occupée, même les week-ends, mais elle trouvera un petit créneau pour vous, j'en suis certaine. Et alors, vous ? Je ne veux pas me montrer indiscrète mais cela fait deux ans que vous habitez l'appartement d'en face, et nous nous sommes adressé la parole trois fois tout au plus. Tout ce que je sais de vous, c'est que c'était l'appartement de votre belle-famille. Avez-vous des enfants ?

— Heu, oui, j'ai une fille et un petit-fils. C'est tout. Et ils habitent tous les deux à Singapour, donc on peut pas dire qu'on se voie souvent, contrairement à vous et votre famille. Et donc, votre belle-sœur, que lui arrive-t-il ? Si je peux peut-être faire quelque chose ? s'entend proposer Ferdinand, sous l'effet de la panique.

Éviter de parler de sa femme lui fait vraiment dire n'importe quoi. Pourvu que Mme Claudel ne saute pas sur l'occasion pour lui demander une faveur…

— Ma belle-sœur est la dernière personne vraiment proche qu'il me reste. De mon âge, j'entends. Bien qu'elle ait quatre-vingt-dix ans passés et toute sa tête, elle doit rentrer en maison de retraite car elle devient aveugle. Cela me rappelle ma mère. Elle aussi a perdu la vue subitement. Un problème au nerf optique. Elle ne voyait plus que comme un cheval avec des œillères. Les médecins ont dit que ça pouvait attendre la fin des vacances. Et puis début août, rideau ! Elle ne

voyait plus rien. Sauf le bleu, allez savoir pourquoi… Avec ma sœur, on l'a fait venir dans un
appartement près de chez nous, pour nous occuper d'elle. Mais quelques mois après son emmé-
nagement, elle nous a quittées. La tristesse l'a
emportée : elle n'arrivait plus à se souvenir des
visages de ses enfants, ni de ses petits-enfants.
Elle me disait que j'étais si belle, elle ne pouvait
plus voir mes traits, mes sourires… Cela me fait
mal d'y repenser. Oh, je ne sais pas ce que j'ai
avec vous, je suis toute nostalgique. D'habitude,
je suis plutôt du genre enjoué. J'ai honte de vous
avoir invité pour vous raconter mes malheurs.

— C'est rien, on a tous nos petits moments
de faiblesse. Vous venez d'apprendre pour votre
belle-sœur, c'est encore tout frais.

— Ouh là là ! On parle, on parle, mais il est
déjà 16 heures. Je dois filer chercher mon arrière-
petit-fils à l'école. Ses parents sont en voyage
d'affaires, il dort chez moi ce soir. Je n'arrête pas
de leur dire : ils travaillent trop. Ce n'était pas
comme ça de notre époque, non ?

— Heu, je sais pas pour vous, mais à l'usine,
c'était intense. Vous faisiez quel métier, madame
Claudel ?

— J'ai mon diplôme d'avocate. Je suis très fière
de pouvoir dire que j'ai été la première femme
reçue au barreau. Malheureusement, la vie a fait
que je n'ai jamais pu exercer. La mort de mon

mari, les enfants à élever, vous savez… Je vous ennuierai une prochaine fois avec mes histoires de vieille dame. Je compte sur vous pour notre partie de bridge dans deux semaines. Mais on se recroisera avant. Je suis très contente que vous ayez fait le premier pas… Ferdinand. Je sens que nous avons beaucoup en commun. C'était un peu dommage d'habiter si près et de n'avoir jamais échangé plus de cinq mots, n'est-ce pas ? Je vous raccompagne. Je ne vous jette pas à la rue mais je dois me préparer. Et encore merci pour les pâtes de fruits : mon arrière-petit-fils va se régaler. Je lui dirai que cela vient du gentil voisin !

Alors que la porte se referme derrière lui, Ferdinand ne peut s'empêcher de sourire et de se répéter les dernières paroles de Mme Claudel. «Gentil voisin.» C'est bien la première fois que ces deux mots sont réunis pour le caractériser ! Si seulement Marion pouvait entendre ça. Et si seulement Marion pouvait demander des comptes à Mme Claudel plutôt que de laisser cette vieille dinde de Mme Suarez colporter des mensonges. Le mieux serait que la concierge disparaisse de sa vue, définitivement, un peu comme cette horrible histoire de cécité soudaine qui l'a complètement chamboulé.

22

L'Arlésienne

Ferdinand s'est d'abord vexé, mais à présent, il est inquiet. Juliette n'est pas encore venue aujourd'hui, un jeudi ! S'il lui était arrivé quelque chose ? C'est forcément grave, sinon elle l'aurait prévenu. En plus, il avait prévu pour deux. Et Ferdinand voulait savoir comment la petite fille allait depuis la mort de sa mère. Elle avait fait claquer les mots les plus durs du monde avec une aisance déconcertante avant d'enchaîner sur un autre sujet.

Mais Juliette ne s'est pas montrée, ni pour le déjeuner, ni après l'école. Ferdinand aurait aimé qu'elle vienne, c'est tout. Alors, après «Questions pour un champion», il prend une grande inspiration et va sonner à sa porte. Un homme d'une quarantaine d'années lui ouvre, son visage lui est quelque peu familier.

— Oui, c'est pourquoi ? Je peux vous aider ? Attendez… vous êtes qui ?

Mince… le père de Juliette ! Ferdinand avait presque oublié qu'il était en froid avec lui. Il faut dire que Juliette n'a pas grand-chose à voir avec son insupportable petite sœur et son père qui se croit plus courtois que les autres en saluant ses voisins dès le premier jour. *Il m'aurait laissé quelques jours de plus, je l'aurais peut-être accueilli différemment, mais là, le bruit du déménagement, l'exil forcé à l'église, la pleureuse, en plus de la fatigue, c'en était trop !*

C'est, en substance, ce qu'essaie d'expliquer Ferdinand à Antoine, atterré devant l'incohérence des propos du vieil homme. Alors quand Ferdinand finit par lâcher qu'il veut seulement savoir si Juliette va bien, parce qu'elle n'est pas venue aujourd'hui, qu'il lui avait pourtant acheté des caramels et qu'il aimerait juste la voir un instant, Antoine a du mal à saisir le caractère amical de la situation.

— Dégagez immédiatement de chez moi, sale pervers. Et que je ne vous reprenne pas à approcher ma fille, sinon j'appelle les flics ! On m'avait bien dit de me méfier de vous, mais je n'aurais jamais pensé que Juliette soit suffisamment crédule pour tomber dans vos sales pattes.

C'est à ce moment-là que la fillette apparaît au bout du couloir, un bras en écharpe, l'autre faisant un geste comme pour dire «qu'est-ce que tu fais là?», ou «je viens plus tard», ou encore «désolée, mon père…». Mais la porte se claque au nez de Ferdinand, qui n'entend pas Antoine décrocher le combiné pour appeler le commissariat.

23

Les bras m'en tombent

Il y a des jours où rien ne se passe normalement. Ce vendredi-là, Ferdinand ne pourra jamais l'oublier.

Le bras en écharpe et malgré l'interdiction formelle de revoir ce «maniaque sexuel», Juliette se présente à la porte de Ferdinand, à 8 heures, avant d'aller à l'école. Sur le pas de la porte, la petite peut enfin lui expliquer qu'elle s'est battue avec un garçon de sa classe, Matteo Balard.

Ce «petit-moins-que-rien», comme elle l'appelle, a osé lui dire que le rôle de la femme est d'être à la maison, à attendre son mari et à assouvir le moindre désir de ses enfants : piscine, cadeau, gâteau, etc. Selon lui, seules les mauvaises mères travaillent, celles qui n'aiment pas leurs enfants et fuient leur domicile. Alors ne parlons pas de ces femmes qui prétendent faire des métiers d'hommes ! Ce n'est pas lui qui le dit, mais son père. Le commissaire Balard. Et le commissaire a toujours raison. Alors une femme reporter, cela dépasse l'entendement pour Matteo. Elle a forcément des problèmes dans son ménage pour préférer aller à l'autre bout du monde, dans des pays en guerre. Sans parler de ses enfants qu'elle doit détester. Et des amants qu'elle doit avoir dans chaque ville à l'étranger. Une vraie traînée probablement !

Juliette avait alors bousculé Matteo en lui demandant de retirer ce qu'il venait de dire. Le gamin lui avait craché à la figure, attrapé le bras, et l'avait serré de toutes ses forces, jusqu'à ce que Juliette se retrouve allongée par terre, tordue de douleur.

Quand Juliette termine de raconter son histoire, le vieil homme sait déjà qu'il ne laissera pas cette histoire sans suite. Ferdinand est très énervé.

24

Avoir la moutarde qui monte au nez

Juliette est partie à l'école depuis vingt minutes quand Ferdinand entend le grognement habituel du vendredi matin : Mme Suarez, qui s'évertue à monter le nouvel aspirateur, sans sac mais deux fois plus lourd, jusqu'au dernier étage de l'immeuble. Le vendredi, c'est sacré : il faut éradiquer la poussière avant les visites familiales du week-end. Mme Suarez aime montrer à tous la perfection avec laquelle la résidence est entretenue. Ferdinand, voulant marquer des points avant la prochaine inspection, décide de sortir pour lui donner un coup de main.

— Bonjour, madame Suarez, vous êtes en beauté aujourd'hui. C'est du vrai croco, votre jupe ?

— Écartez-vous. Vous ne voyez pas que vous êtes sur le passage ? C'est qu'il est lourd, cet

aspirateur, et il faut que je grimpe tous les étages.
En plus, je sens encore l'odeur de votre cigare
dans les fibres du tapis. Vous le faites exprès ou
quoi ?!

— Laissez-moi vous aider, madame Suarez. Je
peux vous soulager et le monter jusqu'au dernier
étage. Ça me dérange pas. Donnez, vous allez
vous casser le dos.

— Mais lâchez ça ! Arrêtez de tirer… Vous
me faites mal. Je ne veux pas de votre aide, ni
de votre hypocrisie. Je n'en peux plus de vous !
Ce qui me soulagerait vraiment, c'est de vous voir
partir. Heureusement, on sera bientôt débarrassé
de vous. Pour de bon !

— Sauf votre respect, madame Suarez, rêvez
pas trop. Ma fille est une femme pleine de
sagesse : elle m'a demandé de faire des efforts,
je les ai fournis et je continuerai. Elle va donc me
laisser tranquille avec cette histoire de maison de
retraite. Elle tient parole, c'est une diplomate !

— Mon pauvre vieux, mais vous ne comprenez
rien ! Vous pensez avoir le contrôle de votre destin, mais ça fait des mois qu'il vous a échappé.
Et vous, vous vous raccrochez désespérément à
votre petite vie minable. Mais c'est fini. C'en est
fini de vous !

— Si vous croyez que vous me faites peur avec
vos paroles en l'air. Marion est une fille intelligente, elle tient ça de son père, vous savez !

— Intelligente, peut-être. En tout cas, crédule et manipulable, je peux vous l'assurer ! La pauvre petite, si loin, et si inquiète. Heureusement qu'elle m'a, moi, pour lui dire la vérité.

— Quelle vérité ?!

— Eh bien, que vous ne faites absolument *aucun* effort ! Votre hygiène dentaire est déplorable : votre brosse à dents a au moins dix ans. Votre appartement est un taudis qui pue le renfermé. Votre alimentation est pire qu'au tiers-monde : j'ai vu toutes les boîtes de conserve périmées que vous avez mangées et jetées dans les poubelles. En ce qui concerne l'amabilité, il faudra repasser : vous avez fait fuir Christine et déjà insulté le nouveau voisin. Quant à votre envie de vivre, excusez-moi, mais mettre le feu au local à poubelles, c'en est trop ! Si vous voulez mourir, soit, mais laissez les autres en paix !

— Alors, madame Suarez, c'est pas du tout ce que vous croyez. Pour vous dire la vérité, l'incendie, c'était pour faire diversion. Voyez, j'étais pas du tout prêt à vous recevoir l'autre jour… Enfin bref, c'était pas pour faire brûler tout le monde, sinon j'aurais plutôt ouvert le gaz !

— Mais vous êtes un GRAND MALADE, monsieur Brun ! Encore pire que ce que je pensais. Vous ne vous rendez même pas compte de l'absurdité et de la dangerosité de vos actes. Il faut vraiment vous faire soigner. Et puis, je ne vous aime pas, vous me faites peur. Vous m'avez déjà menacée en me racontant que vous me découperiez en morceaux et les jetteriez dans le vide-ordures. Je pourrais vous dénoncer à la police, vous savez !

— Non mais je rêve, moi qui commençais à vous apprécier et vous faisais des confidences sur mes lectures !

— Eh bien, vous avez une drôle de façon de montrer aux gens que vous les appréciez ! Votre place n'est pas dans mon immeuble, mais avec les vieux fous de la maison de retraite. Et je vais y veiller personnellement.

— Jamais Marion ne laissera faire une chose pareille.

— Que vous êtes naïf, mon pauvre ! Comment croyez-vous qu'elle ait trouvé une place en maison de retraite aussi vite ? C'est moi qui lui ai parlé de l'établissement, ils avaient une dette envers moi.

— Un autre voisin que vous aimiez pas et que vous avez fait interner ? Marion vous fera jamais confiance quand je lui dirai que…

— Mais Marion me fait *déjà* confiance, et depuis des années. Ça vous en bouche un coin, hein ? Elle me fait tellement confiance qu'elle a accepté ma proposition de lui faire des comptes rendus hebdomadaires de vos agissements. Gratuitement, en plus. Bon, je n'ai pas refusé l'écran plat qu'elle m'a envoyé pour Noël, la qualité de l'image est vraiment meilleure. Ils sont forts en électronique, ces Chinois !

— Trop, c'est trop ! Vous vous en sortirez pas comme ça, je vous le dis.

— C'est trop tard, monsieur Brun. Ils viennent lundi, je les ai déjà appelés. Et ce ne sera qu'une formalité avec Marion. Tout cela ne serait pas arrivé si vous aviez su dresser votre chien. Mes pauvres canaris… Paix à leurs âmes.

— Laissez Daisy tranquille. Elle a jamais touché à l'un de vos maudits oiseaux.

— En tout cas, elle a bien touché la voiture. Quelle gourmande ! Il n'a pas fallu longtemps avant qu'elle ne se précipite sur le morceau de bifteck que je lui lançais. C'était bien l'onglet, son morceau préféré ?

— Quoi ?! Qu'avez-vous dit ? Non, vous avez pas fait ça… Pas à ma Daisy ! C'était un accident, dites-moi que c'était un accident…

Mme Suarez ricane, un peu comme une hyène, autre charognard notoire d'ailleurs.

— Vous méritez de crever, comme vos canaris… MORUE !

— Des noms d'oiseaux, cela ne m'étonne guère de vous, monsieur Brun. Est-ce que moi, je vous envoie des «vieux fossile», ou des «pauvre blaireau»? Au fait… vous me direz si l'on peut mettre votre appartement en location pendant votre absence prolongée? J'ai une bonne amie

137

qui rêverait d'habiter dans ma résidence. Maintenant, si vous voulez bien m'excuser, j'ai la cage d'escalier à faire.

Les yeux exorbités, les mains prêtes à étrangler, Ferdinand se fige, en transe. Quand il reprend connaissance, il est seul, chez lui, se demandant si cette scène a véritablement eu lieu. Encore un trou de mémoire !

25

Pousser mémé dans les orties

S'il y a bien quelque chose que Ferdinand n'accepte pas, c'est la veulerie. S'en prendre aux plus faibles est pire que tout. D'abord Juliette et, dans une tout autre mesure, Daisy. Les racailles n'ont plus de limite. Il tourne en rond dans son appartement, passe d'une pièce à l'autre, comme un lion qui se prépare au combat en attendant qu'un nouveau mâle le rejoigne dans sa cage.

Ferdinand aimerait se venger de Mme Suarez mais il n'a pas encore trouvé le plan parfait. Il a écarté ses premières idées – verser de la mort-aux-rats dans un entonnoir pour gaver la vieille dinde, ou la broyer dans le camion poubelle. Mais il risque de se faire pincer et de terminer ses jours en prison, ce qui n'est pas la fin qu'il s'est imaginée.

Il faut qu'il se débarrasse d'elle. Il ne pourra plus la croiser et entendre sa voix mielleuse et hypocrite sans avoir envie de lui faire la peau, de lui arracher les deux yeux, de lui couper sa langue de vipère mythomane. Tout bien réfléchi, ce n'est peut-être pas directement à elle qu'il faut s'en prendre. Son mari ? Non, elle s'en fiche comme de l'an 40. Mais Rocco... Dans son jeune temps, Ferdinand a appris à dépecer les lapins, ça ne doit pas être bien différent pour un chihuahua... Et puis cela fera tellement plaisir à Mme Suarez d'avoir un petit souvenir, elle qui ne peut pas sortir sans son manteau de fourrure.

Au vu de toutes ces idées macabres, Ferdinand est convaincu qu'il ne peut exister d'avenir commun dans cette résidence : l'un des deux va devoir partir. Et Ferdinand n'a absolument pas l'intention de lui faciliter la tâche. Il faut qu'il trouve un moyen d'arrêter les inspections. Mais ses envies de vengeance lui semblent incompatibles avec le comportement exemplaire de bon toutou qu'on exige de lui. Le vieil homme craint même de sortir de son appartement, tant il ne sait pas ce dont il est capable s'il tombe nez à nez avec la concierge. Le minimum serait de lui cracher à la figure avant de la pousser dans l'escalier. Avec un peu de chance, elle se ferait le coup du lapin et cela passerait pour un accident. Sauf si on retrouve son ADN sur son visage...

140

Et si c'était lui qui la dénonçait à la police ? Malheureusement, il n'a aucune preuve, maintenant qu'il ne reste que des cendres de sa chienne. Et la vieille dinde niera tout en bloc ou retournera la situation à son avantage pour l'envoyer en taule.

Se rendant compte qu'il ne trouvera pas de solutions entre ces murs, Ferdinand sort de chez lui, résigné à laisser parler ses pulsions s'il croise la meurtrière. La concierge en a fini avec l'aspirateur et ne semble pas être dans sa loge. Elle se cache, pense Ferdinand. Ou bien elle est partie se réapprovisionner chez le boucher en prévision de son prochain massacre. Ferdinand l'attend à côté des poubelles.

En face de la résidence, l'école primaire de Juliette. La pauvre enfant, avec son bras dans le plâtre… Cela doit être difficile de faire ses lignes d'écriture et ses multiplications.

12 h 15. La sonnerie retentit. Ferdinand n'a pas le temps de comprendre que, déjà, une marée noire de cartables plus lourds les uns que les autres déboule. Ça court, ça se bouscule, les bandes de garçons ne font attention à rien, donnent des coups d'épaule aux filles qui rêvassent et n'avancent pas assez vite. Ferdinand est sidéré de voir des bouts d'êtres humains se comporter en caïds. Surtout ces trois zigotos, un petit roux et deux gros qui font deux têtes de plus

que lui. Après avoir insulté un groupe d'adolescentes plus âgées, les voilà qui s'en prennent à une fille seule, en jupe, de ces jupes qui tournent. Les vauriens essaient de la lui soulever. Elle implore en pleurant :

— Arrête, Matteo, arrête ! Dis à tes copains de me lâcher…

Il n'y a donc personne pour défendre cette pauvre fille ? Où sont les instituteurs, les surveillants ? Ferdinand n'a jamais assisté à un spectacle aussi cruel entre enfants. Il fait alors ce que n'importe qui aurait fait à sa place… il regarde ailleurs, faisant semblant d'être occupé à autre chose. À l'horizon, toujours pas de Mme Suarez. Soudain des cris stridents attirent son attention. Les trois gaillards forment maintenant un cercle autour de leur proie qui ne sait plus où donner de la tête. L'un d'entre eux l'attrape brusquement par l'anse du cartable et l'envoie voltiger à deux mètres. Elle se râpe le genou, saigne et se met à sangloter. C'en est trop pour aujourd'hui !

Ferdinand traverse la rue en quelques enjambées de géant, empoigne le chef des morveux par le col, le soulève à vingt centimètres du sol, retraverse et l'enfonce tête la première dans la poubelle la plus proche. Celle du compost.

— Voilà ta place, morveux ! T'avise plus jamais de t'en prendre à une fille, sinon t'auras affaire à moi. Ferdinand est mon nom ! Et méfie-toi, j'habite en face, je te surveillerai !

L'octogénaire relève la tête, la petite fille a disparu, les deux gros garçons se sont éloignés, planqués dans un coin avant d'aller aider leur copain à sortir du fumier. Ferdinand n'a plus rien à faire ici. La tension emmagasinée toute la matinée est retombée comme un soufflé. Il retourne chez lui, où Juliette l'attend sur le paillasson. Avec ce rebondissement dans l'affaire Daisy, il a complètement oublié leur déjeuner. Et puis, avec l'interdiction de son père, il pensait qu'elle ne viendrait plus chez lui.

Juliette a l'air épuisée par sa matinée d'école : elle s'écroule sur la table, la tête lourdement posée sur son coude valide.

— Tout va bien ? s'enquit Ferdinand.

Juliette, dans un grognement de lassitude, répond :

— Non, c'est encore cet abruti de Matteo. Il a déchiré le cours que je venais de recopier, j'avais mis deux heures avec ma main gauche ! Je ne sais pas ce qui me retient de lui planter mon compas dans la main pour qu'il se rende compte.

Ferdinand s'assied à ses côtés et lui dit tendrement :

— Ne réponds jamais à la violence par la violence. Tu es futée, tu trouveras toujours quelque chose de plus malin pour vraiment l'embêter.

Surtout, tu ne dois pas te faire pincer. On peut y réfléchir ensemble, si tu veux. Tiens, par exemple, quel est le truc auquel il tient le plus ?

Juliette se gratte la tête un instant.

— Sa grand-mère, je crois.

Mme Suarez rentre de ses courses lorsqu'elle découvre une paire de jambes dans *ses* poubelles.

— Mais qu'est-ce que tu fais là, garnement ? Oh, grand ciel ! Matteo, mon chéri ! Mais qu'est-ce qui t'est arrivé ? Raconte à mamie…

Elle extrait le garçon tout crotté du bac et se retourne vers une écolière qui se dirige vers les poubelles.

— Hé, toi, petite, tu ne sais pas lire ? Ton journal, il ne va pas dans le bac à compost. À quoi elles te servent tes lunettes ? Papier égale poubelle jaune ! Plus aucune éducation aujourd'hui, moi je vous le dis ! Viens, Matteo, viens, mon poussin. On va te nettoyer.

Il ne faut pas longtemps à Mme Suarez pour identifier le malotru qui s'en est pris personnellement à son petit-fils préféré.

— Je vais appeler ton père, Matteo, il faut qu'il soit au courant. On ne peut pas s'en prendre impunément à un enfant sans défense ! Pas à *mon* petit-fils !

26

La fin des haricots

— Alors le 2 horizontal, en six lettres, « tunique grecque »... Mais qu'est-ce qu'ils ont encore été chercher ? J'ai le H, le T, le N...

Béatrice repousse le plaid de ses genoux, étire ses jambes – son cours de gym de la veille lui a laissé des courbatures. Elle se tourne vers le guéridon à la droite de son fauteuil et saisit *Le Robert des synonymes,* son meilleur ami pour les mots croisés du *Figaro.*

— Non mais vraiment... CHITON ! Bien sûr, j'aurais dû y penser ! Où avais-je la tête ? Bon, qu'est-ce qu'il me reste à présent ?

Tout en réfléchissant, Béatrice bat la mesure avec le crayon à papier, suivant le tempo rapide du *Barbier de Séville.*

Le téléphone sonne. Elle n'attend pourtant pas d'appel. 12 h 45 : qui cela peut-il bien être ?

— Allô ? Oui bonjour, j'écoute. Oui, c'est elle-même. Non, vous ne me dérangez pas. Des volets ? C'est gentil de proposer, mais voyez-vous, je viens de refaire les miens. Oui, dans tout l'appartement. D'ailleurs peut-être avec votre entreprise, je ne me souviens plus… Vous m'avez dit que vous travailliez pour quelle compagnie ? Oui, peut-être avec eux alors. Voulez-vous que je vérifie ? Très bien, comme vous voulez. Je vous souhaite une très bonne journée à vous aussi, monsieur.

Béatrice se souvient alors qu'elle devait rappeler le service consommateur de Nespresso. Elle a de la visite ce week-end et sa machine à café fait des siennes. Elle récupère son bloc-notes et compose le numéro.

— Service après-vente Nespresso, bonjour. Comment puis-je vous aider ?

— Bonjour, monsieur. Alors, ma machine Nespresso clignote. Et je ne peux plus faire de café. C'est embêtant !

— Alors madame, votre problème est commun et très simple à résoudre. Puis-je vous demander d'aller vous mettre à côté de votre machine ? Quand vous y êtes, appuyez sur tous les boutons en même temps, maintenez appuyé jusqu'à ce que vous entendiez très distinctement un « clac ». Allez-y, j'attends.

Béatrice, dubitative, s'exécute. Elle appuie bien fort pendant une vingtaine de secondes, et là, CLAC !

— Alors, madame, y a-t-il eu le bruit ? (Béatrice répond par l'affirmative.) Très bien. Vous pouvez maintenant purger et refaire du café normalement. Vous savez purger la machine ? (Béatrice acquiesce à nouveau.) Je vous laisse vérifier : je patiente.

Béatrice retourne à la cuisine et s'exécute. De l'eau marronnasse coule désormais. C'est bon signe. Et une fois la capsule enclenchée, un café fumant coule comme par magie de l'appareil ! Parfait.

— Monsieur ? Tout fonctionne comme avant. Vous êtes efficace chez Nespresso. C'est tout de même très surprenant comme technique de réparation que d'appuyer sur tous les boutons en même temps ! Mais tant que cela marche et que c'est simple, cela me convient. Je vous remercie pour votre patience, monsieur. Je vous souhaite une bonne journée.

Béatrice va chercher la tasse de café tiède. Elle n'a pas vraiment envie de le boire avant de déjeuner, mais il ne faut pas gâcher. À peine le *ristretto* englouti, elle se dit qu'elle aurait pu le réchauffer dans son micro-ondes après le repas. Tant pis.

C'est les dents maculées de caféine et la langue pâteuse que Béatrice reprend ses mots croisés.

Cela fait un quart d'heure qu'elle cherche un synonyme pour son avant-dernier mot, quand le téléphone sonne à nouveau.

— Allô ? Oui, c'est elle-même. Une baignoire ? Heu, non merci. Oui, je sais que cela peut être dangereux passé un certain âge. C'est pour cela que j'ai fait installer des poignées latérales le long de la mienne. Donc, oui : j'ai tout ce qu'il me faut. Non, pas la peine de me proposer une réduction supplémentaire. Au revoir, madame. Bonne journée.

Béatrice est lassée de ces coups de fil quotidiens qui s'enchaînent les uns après les autres. Et en même temps, il est impensable pour elle de ne pas répondre : et si c'était une urgence ?

Béatrice décide de se préparer un plat simple et bon. Ce sera salade de courgettes crues au vinaigre balsamique, puis dos de cabillaud citronné avec un peu de riz basmati, et en dessert, son péché mignon : une religieuse au chocolat ! Elle s'attaque au poisson parfaitement cuit quand le téléphone retentit à nouveau. Elle hésite, puis prend une grande inspiration et décroche le combiné.

— Oui ? Allô ! Non. Ma connexion Internet marche très bien, madame. Oui, j'en suis très satisfaite. Non, je ne vois pas de raison d'en changer aujourd'hui. Non, je ne suis donc pas intéressée par votre offre. Je suis désolée. Je dois y aller, madame. Bonne journée aussi.

Ce qui l'énerve le plus, c'est que maintenant son poisson est froid et que si elle le réchauffe, il sera trop cuit, comme à chaque fois au restaurant. Elle retourne à la cuisine et prépare un jus citronné qu'elle fait chauffer. Elle nappe ensuite son poisson. *Nous voilà sauvés ! Il est vraiment délicieux, ce cabillaud. Je n'aurai plus besoin de prendre de la dorade royale. Je féliciterai le poissonnier pour son conseil,* se dit Béatrice.

La vieille dame jette un œil à l'horloge sous sa cloche de verre : 13 h 45. Vite, ça va commencer. Elle prend son dessert et passe au salon. Le feuilleton policier vient de débuter. C'est commode, la TNT, elle peut revoir des épisodes des *Petits meurtres d'Agatha Christie*, d'*Arabesque* ou de *Columbo*. Avec gourmandise, Béatrice dévore son dessert sans perdre une miette de l'intrigue policière.

Après avoir parcouru une trentaine de pages du livre sélectionné par Mme Granger, de son club de lecture, et qui se révèle comme toujours une torture, Béatrice se charge de ses petites corvées. Commence alors, comme chaque jour, la tenue des comptes, qui consiste à consigner chaque dépense et chaque facture reçue. Ensuite, Béatrice consulte son compte bancaire sur Internet pour vérifier que les débits sont effectivement soustraits. Depuis plus de soixante-dix ans, Béatrice fait ses comptes quotidiennement. Et en soixante-dix ans, seulement deux fois elle a trouvé une erreur : erreurs qui étaient, chaque fois, en sa faveur !

En lisant ses livres de comptes, on pourrait suivre sa vie comme dans un journal intime. Ses dépenses de bouche au marché ou à la foire au vin, ses achats de fleurs pour ses visites hebdomadaires en maison de retraite ou les enterrements, ses chèques de cadeaux d'anniversaire pour ses petits-enfants, ses sorties au théâtre, au cinéma, au musée. Et surtout ses voyages, tout autour du monde. Il n'y a pas un continent que Béatrice n'ait pas découvert, pas une église d'une capitale qu'elle n'ait pas admirée, pas une gare, un aéroport dans lequel elle n'ait pas fait une halte. Elle est incollable sur la géopolitique au Moyen-Orient, les traditions funéraires d'Asie, les histoires tribales d'Afrique, les spécialités culinaires sud-américaines, ou encore la faune arctique. Elle a d'ailleurs toujours un trésor caché dans une de ses vitrines pour témoigner de son passage dans un pays lointain. Béatrice a continuellement des histoires extraordinaires à raconter sur ses périples. Des voyages interminables en bus dans des pays en guerre ; des traversées en bateau qui se sont soldées en extraction d'urgence vers des canots de sauvetage ; des vols périlleux avec les tout premiers avions de loisir, tentant des atterrissages sur des pistes qui cinq minutes auparavant servaient de marché aux fruits et légumes. Béatrice a dégusté sushis, enchiladas et pizzas bien avant tout le monde. Elle a même rencontré le pape, deux fois, enfin, deux pontifes différents.

Oui, Béatrice a eu de la chance. Elle s'est fait de merveilleux souvenirs et il est vrai qu'aujourd'hui elle commence à les oublier peu à peu, à les confondre. Elle a donc entrepris d'étiqueter chaque objet d'un numéro qui renvoie à une explication détaillée dans un petit carnet : date, lieu, compagnons de route, contexte et anecdote. Chaque jour, elle voyage dans le temps et dans un pays lointain, cherchant dans le tréfonds de sa mémoire les histoires extraordinaires qu'elle peut transmettre. Et quand elle reçoit ses petits-enfants, c'est avec un plaisir non dissimulé qu'elle raconte une de ces péripéties. Il s'agit toujours d'un moment de complicité, d'yeux qui s'écarquillent et de rires. Certainement un des instants préférés de ses descendants lors de ces déjeuners hebdomadaires.

Béatrice s'est dit que quand elle aurait fini son activité d'étiquetage, elle s'attaquerait à tous les films Super 8 de la famille. Certaines pellicules, datant de l'entre-deux-guerres, ont même déjà été utilisées par l'Institut national de l'audiovisuel.

Mais la vie de Béatrice n'a pas toujours été rose. Elle est la dernière survivante de sept enfants. Et surtout la dernière du couple heureux qu'elle formait avec Georges, parti bien trop tôt, il y a plus de quarante ans. Béatrice a élevé seule ses enfants, a appris à se débrouiller pour trouver l'argent dont elle avait besoin, à appréhender cette solitude grandissante avec la disparition de ses proches. Pour contrer les effets dévastateurs du temps, elle s'efforce de faire rentrer dans ses groupes de divertissement du sang neuf, et si possible assez jeune. Elle essaie de se rendre la plus utile possible, à la paroisse, auprès des voisins, de sa famille. Elle veut en profiter au maximum pour faire le bien autour d'elle, avant de partir.

Appliquée à arrondir ses lettres pour faciliter la lecture, Béatrice passe des heures penchée sur son manuscrit à choisir le bon mot, à se rappeler l'histoire exacte. Ce jour-là elle consigne dans son carnet déjà plein de souvenirs l'histoire de sa toile préférée, héritée de la famille de son mari : l'immense peinture sombre au-dessus de la cheminée, qui représente le portrait d'un maréchal d'Empire, un ancêtre de la famille. Quelle drôle d'histoire : à la fois celle de l'aïeul condamné puis gracié, mais aussi celle du tableau volé puis perdu et enfin racheté.

Dans la pénombre grandissante, elle réalise soudain qu'il est déjà 18 h 10. Grand Dieu ! L'émission ! Elle laisse tout en plan et court jusqu'à son fauteuil. Elle s'arme de la télécommande et appuie sur la troisième chaîne. Julien apparaît à l'écran. Béatrice rouspète, elle a manqué le début de « Questions pour un champion ». Elle met le son plus fort et se penche en avant pour mieux entendre les questions. Elle trouve généralement les réponses avant les candidats, qu'elle invective ensuite de noms d'oiseaux.

La vieille dame enchaîne six bonnes réponses quand elle se tourne, les poils hérissés, les yeux fixés sur la console : le téléphone sonne. Pendant « Questions pour un champion » ! D'un bond, Béatrice se lève, décroche et raccroche le combiné aussitôt. Puis elle prend le téléphone et pose le combiné à côté de l'appareil.

— Non, mais ! Pendant *mon* émission. On aura tout vu ! Les gens sont vraiment d'un sans-gêne… Voilà, c'est malin, j'ai loupé le dernier qualifié !

Sur le palier, derrière la porte de Ferdinand, règne la même frénésie. Aux étages supérieurs aussi. D'un coup, le son de tous les téléviseurs de l'immeuble a été monté d'au moins dix points ! C'est l'heure du « Quatre à la suite ». On pourrait crier, hurler… personne n'entendrait rien. D'ailleurs, n'y a-t-il pas Mme Suarez qui s'égosille dans le local à poubelles et appelle à l'aide de toutes ses forces ?

Le candidat vient de marquer quatre points à LA SUIIIITE ! Tout le monde crie de joie : Julien Lepers, le candidat, Ferdinand et toutes les grands-mères devant leur poste.

27

À qui mieux mieux

Il y a des jours où tout vous sourit, où les planètes sont alignées.

Alors que Mme Suarez est au plus mal et loin, très loin de lui (c'est-à-dire à l'hôpital suite à une crise cardiaque), Ferdinand découvre dans son courrier une exquise invitation à déjeuner. De Mme Claudel. Elle le prie de se joindre à elle, « en toute simplicité », pour partager son déjeuner du lendemain (un samedi !) afin de se remettre ensemble des émotions des semaines passées.

Cela fait des décennies que Ferdinand n'a pas été invité à déjeuner. L'octogénaire est flatté car il sait combien les déjeuners du week-end sont importants pour sa voisine. Il se surprend alors à se demander s'il saura être de bonne compagnie. De quoi parle-t-elle avec ses petits-enfants ? De littérature, de cinéma, de voyage ?

Ferdinand panique. Il n'est déjà pas loquace, alors ce déjeuner en tête à tête ne le met pas à l'aise. Mme Claudel est du genre à parler pour deux, mais elle semble avoir une haute opinion de lui, alors que lui n'a rien à lui apporter. Il lui a même déjà menti, notamment quand il lui a demandé de l'aide pour la femme de ménage. Il a surtout peur qu'elle découvre qu'il ne s'intéresse pas à grand-chose, en tout cas à rien qu'il aimerait partager au premier rendez-vous.

Sa vie s'est arrêtée quand sa femme l'a quitté. Louise dirait qu'elle s'était arrêtée des années avant, au départ de Marion, ce moment où les couples réalisent que sans leur enfant ils n'ont plus rien en commun. Et puis Ferdinand est presque aussi âgé qu'une tortue de mer. Béatrice lui a parlé de trucs de l'Internet auxquels il n'a rien compris. De toute façon, à quoi ça sert d'essayer ? À son âge, apprendre, ce n'est plus rentable ! Sauf s'il lui reste effectivement dix ans à vivre…

28

Les faire tomber comme des mouches

Le dimanche suivant l'invitation à déjeuner n'est pas une journée comme les autres : tout doit être parfait. Ferdinand veut se montrer sous son meilleur jour. Il ouvre son placard et choisit une chemise à carreaux marron, repassée et rangée depuis fort longtemps. Il la déplie. S'en dégage une odeur de renfermé. N'est-elle pas un peu trop grande maintenant ? Un peu d'eau de Cologne remédiera au premier problème, quant au second, le veston cachera les manches retroussées. Le pantalon à pinces propre, c'est fait. Le veston sera celui de tous les jours, car Ferdinand n'en a pas d'autres. Pour rehausser le tout, un nœud papillon sera du plus bel effet. Mais où est ce fichu nœud ? Il n'a pas servi depuis... son mariage ! Depuis cinquante-huit ans ? Oh là là, pas le moment, pas le jour pour penser à ça.

C'est sous une montagne de tissus plus déteints et troués les uns que les autres que repose en paix, depuis plus d'un demi-siècle, un nœud papillon en velours marron. Tout d'un coup, un doute le prend. Ferdinand saura-t-il refaire un nœud aussi parfait que la dernière fois ? Il se plante devant son miroir dont la chaînette est suspendue à l'espagnolette de la fenêtre. Ses yeux sont plus cernés que d'habitude, une cicatrice rosée balaie sa mâchoire droite, souvenir de son accident de bus. Il fait peur à voir mais cela aurait pu être pire. Son teint n'est pas aussi blafard qu'à l'accoutumée. Il a bien fait de piquer en douce un peu de la crème à « effet soleil » de Béatrice.

Il noue le velours sur le col de sa chemise et contemple le résultat : ce petit camaïeu de marron lui va à ravir. Il manque juste un peu de bleu pour faire ressortir ses yeux. Le mouchoir en tissu, qui habituellement loge au fond de la poche de son jogging gris, va donc élire domicile dans la poche avant du veston. Et voilà ! Ferdinand est fin prêt. Et stressé. Et si tout ne se passait pas comme prévu ? *Allons, allons, ressaisis-toi, Ferdinand ! Ce n'est pas le moment de flancher.*

Prenant son courage à une main (l'autre étant occupée à accueillir les épines des roses qui semblent déterminées à lui laisser un souvenir indélébile de ce jour), Ferdinand fait les cinq pas qui le séparent de la porte si souvent épiée.

Il sonne. Une fois. Pas un bruit. Il sonne une deuxième fois. Rien. À la quatrième fois, la porte s'ouvre enfin, sur une Béatrice tout ensommeillée, en peignoir de laine rose pâle. Ses yeux, sans lunettes, s'écarquillent en découvrant Ferdinand, comme si elle le voyait pour la première fois. C'est vrai que Béatrice n'a jamais vu Ferdinand ainsi. Dans un autre accoutrement que son sempiternel pantalon marron déformé. Jamais vu de chemise sur Ferdinand, et encore moins ce qui semble être un nœud papillon – pas très académique, on en conviendra, mais l'idée est là.

Cependant, ce qui attendrit la vieille dame, c'est la gaucherie et la fragilité qui se dégagent de ce colosse. Un air presque niais : le sourire collé aux lèvres, le regard bienveillant et doux. Mais ce qu'il y a d'encore plus inattendu, ce sont ses cheveux. Redevenus marron du jour au lendemain. Fini le blanc style Bill Clinton ! Bonjour le brun à la Silvio Berlusconi !

— Que se passe-t-il, Ferdinand ? Pourquoi sonner chez moi à 7 h 30 du matin ? Un problème depuis notre déjeuner d'hier ? Vous avez mal digéré les sushis ? Toujours vexé de ne pas avoir réussi à manger avec les baguettes ? Je vous taquine. Vous avez l'air… bizarre, poursuit Béatrice en remarquant des taches orangées sur son visage, comme s'il était passé sous une lampe à UV défectueuse.

— Non, au contraire, tout va bien. Cela fait même longtemps que je me suis pas senti aussi bien ! Tenez : ce sont des fleurs. Je savais pas trop quoi prendre : je sais que vous achetez beaucoup de chrysanthèmes mais la fleuriste m'a conseillé des roses.

— Il ne fallait pas. Vous êtes fou ! Y a-t-il une raison spéciale, Ferdinand ? Entrez donc vous asseoir au séjour.

— Justement, je sais pas trop comment vous dire ce que je suis venu vous dire, mais, heu…

— Alors ne dites rien. J'ai compris.

— Vraiment ?

Assis sur le divan, Ferdinand approche sa main de celle de Béatrice. Leurs doigts plissés se frôlent. Ferdinand regarde Béatrice tendrement : elle lui sourit. La scène est cocasse : une vieille dame en robe de chambre recevant chez elle un monsieur d'un certain âge sur son trente et un, tous deux se touchant timidement le bout des doigts.

Béatrice dégage sa main subitement.

— Non, Ferdinand. Non ! Vous m'avez montré que dans la vie il est parfois préférable de dire non. Aujourd'hui je vous dois cette honnêteté. Ce n'est pas une bonne idée et, au fond de vous, je suis sûre que vous le savez aussi. J'ai perdu trop d'amis, il ne m'en reste pour ainsi dire aucun, et le ciel m'envoie une personne formidable. Je refuse de vous perdre, vous aussi.

Nous avons suffisamment vécu, l'un et l'autre, pour savoir que les histoires d'amour finissent mal.

— Mais nous partageons tellement de choses…

— Et nous continuerons. Je ne veux surtout pas que cela change. L'amour, ce n'est plus pour moi. Et puis soyons raisonnables : je suis bien trop vieille pour vous. Vous me l'avez dit vous-même : votre genre, ce sont les petites jeunettes de cinquante ans !

— Je pensais la même chose mais…

— Ferdinand, non. Je suis touchée, vraiment, et aussi un peu gênée. Mais je n'aime qu'un homme aujourd'hui : Dieu. Je suis néanmoins ravie de voir que votre cœur a réappris à aimer. Quand vous serez prêt, je pourrais vous présenter beaucoup d'amies de la maison de retraite qui ont le béguin pour vous. Dont une qui ressemble à Claire Chazal…

— Ah, non, pas ces vieilles folles ! Elles sont trop vieilles : elles ont toutes au moins quatre-vingts ans ! C'est vous, Béatrice, qui me plaisez et si vous me dites non, c'en sera fini de nous. Je vais me retrouver plus seul que jamais.

Béatrice se lève et se dirige vers la porte d'entrée.

— Ne dites pas de sottises, mon brave. Bon, je m'excuse mais je dois me préparer maintenant. Je reçois mes petits-enfants à déjeuner et je dois être au marché à l'ouverture si je veux être sûre de trouver du cabillaud. On se voit mardi en huit pour notre partie de cartes. Je compte sur vous. Ne faites pas venir nos amis pour une partie de bridge à trois ! En plus c'est vous qui avez la feuille des résultats. Et promettez-moi une chose : ne faites pas votre Ferdinand, venez ! Arrêtez de tirer un trait sur les choses dès qu'elles ne prennent pas la tournure que vous souhaitez. Il faut apprendre à ravaler sa fierté parfois. À savoir perdre. Allez, à mardi. Il y aura notre nouveau joueur. Au revoir, Ferdinand !

Ferdinand se retrouve sur le seuil de la porte de Béatrice, les roses à la main et le cœur en bandoulière. Cette foutue partie de bridge, il n'ira pas : c'en est fini de Béatrice !

Ferdinand rentre chez lui, ridiculisé. Il ne comprend pas ce qu'il a mal interprété dans les signes envoyés par sa voisine. C'était pourtant clair : elle lui faisait du rentre-dedans ! Il en est certain. Ou serait-ce encore une de ces bonnes femmes qui changent constamment d'avis ?

Ce qui l'ennuie le plus, c'est qu'il va devoir déménager. Il a sa fierté, il ne peut plus la croiser chaque jour sur le palier. Décidément, ça fait du monde à éviter ! Mme Suarez, Béatrice… Mais la vraie question est : pour aller où ? Ferdinand s'interroge à voix haute. De derrière la porte, on croirait suivre une conversation au téléphone.

— Je n'ai nulle part ailleurs où aller, moi ! Ce serait quand même plus pratique si c'était Béatrice qui partait, non ? En plus elle a une maison à la mer ! Et puis, si je pars, Juliette va être triste. Je suis un peu comme le grand-père qu'elle n'a jamais eu. Bon, c'est vrai qu'elle va me manquer aussi. Finalement, je l'aime bien, cette gamine, elle a un je-ne-sais-quoi qui me fait penser à moi à son âge. Bon, c'est vrai, sa famille, je m'en passerais bien. Mais cette petite… C'est sûr, elle s'en sortira dans la vie. J'espère juste qu'elle sera plus heureuse et plus chanceuse que moi en amour. Mais qu'est-ce que j'ai fait au bon Dieu pour que la vie s'acharne autant sur moi ? Mais qu'est-ce que j'ai fait pour mériter ça ?! Que pourrait-il m'arriver de pire ?

29

Les carottes sont cuites

Le lundi, une fois le déjeuner avec Juliette ter-
miné, Ferdinand s'installe comme à son habitude
dans son fauteuil, remontant la couverture sur ses
jambes. Une tasse de café tiède à la main, il écoute
la radio. Tous les jours, à 14 heures, commence
son émission préférée, «L'heure du crime». Il
ne manquerait un numéro pour rien au monde.
Cependant, il a du mal à suivre les histoires policières jusqu'au bout, la digestion ayant souvent
raison de lui. Il aime cette sensation d'apesanteur,
d'étourdissement qui l'enveloppe à l'heure de la
sieste. Il aime aussi la chaleur des réveils, son état
lent de demi-conscience. Ses siestes post-déjeu-
ner sont ses meilleures minutes de sommeil, les
nuits étant souvent courtes.

Aujourd'hui, l'émission va réexaminer «l'affaire du pull-over rouge», un classique. L'habit

énigmatique vient tout juste d'être trouvé que Ferdinand, somnolent, s'enfonce un peu plus dans les coussins moelleux. L'enquête avance, les témoignages accablants s'enchaînent, les paupières sont lourdes. Un suspect est identifié, la police fait une perquisition : « Police, ouvrez ! Je sais que vous êtes là ! » Ferdinand plonge dans une torpeur chaude. La police menace d'enfoncer la porte, le suspect n'ouvre pas malgré les coups d'épaule qui font trembler les murs. Ferdinand tente de résister, il sait qu'il va louper la fin de l'histoire et la condamnation à mort de Ranucci, un des derniers Français guillotinés. Tant pis, il se souvient parfaitement de l'affaire. Le suspect s'appelait aussi Ferdinand. L'affaire piétine, la police ne parvient toujours pas à rentrer chez le suspect : « Ouvrez, Ferdinand, ouvrez ! » Le rythme de l'enquête qui piétine devant cette porte commence à l'ennuyer. La sommation du policier est peu convaincante : « Police ! Ouvrez. Ferdinand, ouvrez. C'est Éric. Je sais que vous êtes là : c'est l'heure de votre émission de radio. »

Christian ! Ranucci s'appelait Christian. Dans le tréfonds de son inconscience, cette information semble importante, mais Ferdinand ne sait plus pourquoi. Tout d'un coup, la tasse restée jusque-là dans sa main se renverse. Ferdinand réalise alors qu'un fou furieux est en train de donner des coups dans la porte. *Sa* porte. Le vieil homme, immobile, se tient droit comme un I à cinquante centimètres du détrousseur peu délicat qui cherche violemment à s'introduire chez lui.

— Police ! Ouvrez, Ferdinand. C'est Éric. Je sais que vous êtes là. J'ai entendu vos pas.

Abasourdi, le vieil homme ferme les yeux un instant pour reprendre ses esprits et s'insurge :

— Non mais c'est pas des manières, ça ! La police se permet d'enfoncer une porte parce qu'on ouvre pas assez vite. Je piquais un roupillon, on a encore le droit, en France, non ? Elle est belle, la police ! Qu'est-ce que tu fais devant chez moi, Super Flic ? Je suis un honnête citoyen. Tu peux rentrer chez toi, Éric. Je t'ouvrirai pas. Hors de question d'aller dans votre maudite maison de vieux fous. J'ai fait les efforts que Marion m'a demandés. Quel que soit le dernier rapport qu'a pu faire la vieille bique pour se débarrasser de moi. On peut pas interner quelqu'un de force !

D'une voix menaçante, Éric riposte :

— Eh bien, c'est ce qu'on va voir. J'ai un mandat d'arrêt contre vous. Si vous ne m'ouvrez pas, j'entrerai de force.

Ferdinand ne se montre pas impressionné pour un sou.

— Carrément ?! On envoie la police maintenant, et avec un mandat d'arrêt qui plus est ? Tout ça pour remplir les maisons de retraite !

Beau métier : la police est tombée bien bas. (Ferdinand ouvre la porte.) Tu peux faire ton inspection. Tout est nickel, comme Marion le voulait. Je sais pas ce qu'a encore inventé Mme Suarez. J'ai décrassé chaque pièce de fond en comble. Bon, je viens de faire une tache de café, mais le frigo est plein, j'ai pris un bain hier, j'ai aidé Mme Claudel à monter ses courses. Et moi, je vais très bien, comme c'était pas arrivé depuis longtemps.

— Je suis content pour vous, mais il y a un malentendu. Je suis venu pour vous emmener au poste, pas pour faire un état des lieux.

— Au poste ?

— Vous êtes accusé du meurtre de Mme Suarez. Deux témoins sont venus nous trouver et sont formels. Vous avez explicitement et publiquement menacé de mort Mme Suarez moins de douze heures avant son arrêt cardiaque.

Éric tire Ferdinand hors de l'appartement et sort les menottes.

— Veuillez me suivre sans causer de difficultés.

Et, à l'intention des curieux qui se sont rassemblés dans l'escalier, il lance :

— Que chacun rentre chez soi. Laissez la police faire son travail, merci.

Les mains menottées dans le dos, poussé vers l'avant, Ferdinand essaie de comprendre.

— C'est une mauvaise plaisanterie, un Vidéo Gag ? Quel meurtre ? Quels témoins ?

167

Mme Suarez est pas morte : elle a fait une crise cardiaque et elle est en observation à l'hôpital !

— Ça vous arrangerait, mais non : Mme Suarez n'a pas survécu. Nous avons donc une mort, qui pour nous n'a rien d'accidentel. Et pour le moment les preuves jouent contre vous. Le médecin légiste ne va pas tarder à confirmer nos soupçons. Et vous, vous allez croupir pour le restant de vos jours en prison. Ce n'était pas si mal que ça, la maison de retraite, finalement, hein ? achève Éric avec un petit sourire cruel et revanchard.

30

Être dans de beaux draps

Il faut une première à tout dans la vie, mais passer plus de douze heures dans une cellule froide, humide et exiguë n'était pas dans la liste des choses que Ferdinand souhaitait faire avant de mourir. Il avait d'abord partagé sa détention avec un SDF, ivre, qui avait eu la chance d'être relâché depuis plus de quatre heures. Quant à son propre sort, personne ne daignait l'en tenir informé. Cependant, le vieil homme était plutôt confiant. Il s'agissait d'une grotesque méprise et, incessamment sous peu, le commissaire, voire le préfet en personne, accourrait dès qu'il serait informé et viendrait s'excuser platement de ce regrettable malentendu. Mais, pour l'heure, personne n'était venu le délivrer. Depuis plus de douze heures maintenant, il attendait, se redressait à chaque volée de pas pressés, espérait avec une foi qui s'érodait, ne sachant rien de ce qui se tramait à l'extérieur.

Et en effet, Éric, Super Flic, avait œuvré : ni le commissaire, ni le préfet ne voleraient au secours d'un vieillard assassin. La meilleure prise d'Éric ces cinq dernières années, aux dires de son supérieur. On attendait encore la confirmation du meurtre qui résulterait de l'examen du corps. Les aveux du suspect suivraient sans faire un pli. Pour le moment, on appliquait la technique de l'abandon.

Ferdinand avait le droit de passer un seul coup de fil. Il aurait dû se souvenir que Marion n'était pas la meilleure pour décrocher, mais son numéro était le seul qu'il connaissait par cœur. Sa fille, fidèle à son habitude, n'avait pas répondu. Quoi qu'il en soit, elle pourrait toujours écouter le message : « Heu, Marion... c'est moi. Décroche, s'il te plaît. Y a urgence. Je suis au commissariat à cause de la concierge. Il faudrait que t'appelles un avocat pour moi au plus vite. »

Le policier qui raccompagnait Ferdinand dans sa cellule ne put s'empêcher de ricaner :

— Je vous avais dit d'appeler directement un avocat. Là, c'est la nuit en Asie, il ne va rien se passer avant... huit heures au moins. Vous êtes mal, mon vieux. Vous êtes mal. En plus, des fous furieux comme vous, on ne les laisse pas s'en sortir facilement. Pour la garde à vue, vous allez écoper de quarante-huit heures, mon gars. S'en prendre à une pauvre dame sans défense pour une histoire de canaris, faut pas être net, quand même… Et puis le crier sur tous les toits avant, c'est quand même chercher des noises. J'espère que votre fille tient à vous et écoute ses messages.

Le policier venait de lui ôter tout espoir. Mais pourquoi il avait choisi Marion ? En même temps, qui aurait-il pu appeler d'autre ? Il n'a pas d'ami. Personne. Personne qui tienne assez à lui. Et surtout, personne qui soit au courant de ce qu'il subit, depuis plus de treize heures maintenant…

Ferdinand a soif, il a faim, il a sommeil, lui qui pourtant tourne en rond le soir avant d'échouer dans les bras de Morphée. Il a perdu le fil des événements et il devient fou. On ne lui dit toujours rien. Il appelle, il crie. Ses hurlements doivent bien parvenir à quelqu'un, quand même ! À moins qu'ils ne soient tous rentrés chez eux. Ferdinand commence à tourner de l'œil.

— Un verre d'eau, je veux un verre d'eau !

Il tape contre les barreaux. Au loin, on lui réplique qu'un vieux, ça n'a jamais soif, tout le monde sait ça depuis la canicule de 2003.

Ferdinand continue de crier. Il n'a plus de salive. Il s'épuise et personne ne vient. Il a froid maintenant. Il se laisse glisser au sol, le dos calé contre un barreau, se recroqueville, et sombre peu à peu dans un sommeil agité.

Il est sur une plage paradisiaque, seul. Le soleil chauffe. Ferdinand est ébloui, il ne distingue plus très bien le scintillement de l'océan qu'il fixe depuis des heures. Le ciel est d'un bleu de carte postale. Des mouettes s'envolent, suivies par des cormorans. À quelques mètres, devant lui, un gros lézard se dore au soleil. La belle vie, songe Ferdinand en mettant la main au-dessus des yeux pour regarder l'horizon. Effrayé, le reptile s'enfuit. Au loin, des chèvres bêlent et frappent contre les clôtures de leur enclos. Un bateau semble approcher de la côte. Le soleil se cache soudain derrière un nuage. Ferdinand lève la tête. Le nuage est noir, gigantesque. Le vieil homme voit plus nettement désormais. Ce n'est pas un bateau qui approche. C'est beaucoup trop rapide. Et beaucoup plus grand.

Tout d'un coup, devant lui, l'océan, comme happé, recule d'une dizaine de mètres à la vitesse d'un cheval au galop. Le lagon s'assèche en quelques secondes. Et une vague monumentale de plus de quinze mètres de hauteur se dresse devant lui. Ferdinand a la bouche sèche. Son cœur s'emballe et une question, une seule, s'impose dans son esprit. Il doit décider maintenant. Par-dessus ou par-dessous ? Il sait à peine nager mais il n'a plus le temps de réfléchir. Il prend une inspiration, la plus grande possible, quand la vague le percute de plein fouet. Ni au-dessus, ni au-dessous.

Ferdinand est tiré vers le fond, projeté dans tous les sens, tournoyant comme dans une lessive en programme essorage. Son bras heurte un tronc d'arbre, qui lui non plus n'est plus maître de son destin. De l'air. Vite, de l'air ! Tant pis, il ouvre la bouche et réussit à capter quelques bouffées à la surface, entre deux rouleaux. Quand soudain sa douleur au bras se fait plus vive, comme une morsure… Il découvre alors un homme, penché au-dessus de lui, qui lui tire le bras comme pour le sortir d'un mauvais rêve. Il porte un uniforme. C'est un policier. Il tient un gobelet. Ferdinand, à demi-conscient, s'en empare et boit avec avidité, en fait couler la moitié sur son menton, s'étrangle, tousse, mais peut enfin étancher sa soif. Son cœur bat à deux mille à l'heure. Ferdinand n'est pas sûr du lieu où il se trouve. Où est passée la vague ?

Le policier tend une main à Ferdinand pour l'aider à se relever.

— Reprenez-vous, mon vieux, c'est maintenant. Votre petit malaise n'était rien à côté de ce qui vous pend au nez. Le commissaire vous attend pour l'interrogatoire. Je ne sais pas ce que vous lui avez fait, mais on dirait que Balard a une dent contre vous !

31

Sapristi !

Quand Ferdinand entre dans le bureau du commissaire, enfoncé dans son fauteuil en simili-licuir, les mains derrière la tête et les yeux cernés, il a l'impression de le déranger. Balard, la quarantaine, lui désigne une des chaises en bois devant son bureau. Ferdinand s'assied. Le policier qui l'a accompagné reste debout dans un coin de la pièce. Le vieil homme est en infériorité numérique. Assez déplaisant comme sensation. Le commissaire se lève brusquement, se tourne vers la fenêtre obstruée par les stores gris de poussière, et se penche vers lui, le fixant droit dans les yeux.

— Monsieur Brun, vous êtes accusé d'homicide avec préméditation sur la personne de Mme Suarez. Vous rendez-vous compte des faits qui vous sont reprochés ?

— J'ai droit à un avocat, monsieur le commissaire. Je vous dirai tout ce que vous voulez savoir quand il sera là.

— Et l'avez-vous appelé, cet avocat ? Non ! C'est donc que vous n'en avez pas besoin. Alors reprenons. Vous n'avez pas l'air de comprendre la gravité de la situation. Mme Suarez a été retrouvée samedi matin, vers 9 h 15, dans le local à poubelles, inconsciente. À l'hôpital elle n'a résisté que deux jours. Ça ne vous dit toujours rien ? Je vais vous rafraîchir la mémoire. Vous avez eu une dispute avec Mme Suarez vendredi matin. J'ai deux témoins qui l'affirment. Le ton est monté, vous l'avez agrippée et menacée de la tuer. Je cite : «Vous méritez de crever, comme vos canaris.» Pas très gentil... Et comme par hasard, elle meurt. Je vais vous dire le fond de ma pensée : ce n'est pas un accident et vous le savez, monsieur Brun ! Vous étiez là, vous l'attendiez dans le local à poubelles, et vous avez commis l'irréparable.

— Je me vois dans l'obligation d'insister, mais j'ai droit à un avocat commis d'office. Et il est pas là ! Je peux pas répondre à vos questions sans lui, monsieur.

— On dit «commissaire Balard» ! Et ça suffit votre cinéma ! Vous regardez trop la télé. Dans une minute vous allez me parler du cinquième amendement. On n'est pas aux États-Unis ! Et

vous n'êtes pas en train de regarder *Les Experts.*
Oh! Je te parle! Là, c'est la vraie vie. Il y a eu
meurtre et on attend tes explications!

Ferdinand est impassible. Les yeux dans le
vague, les bras ballants. Non pas qu'il joue un
petit jeu, mais il n'a rien avalé depuis plus d'une
journée et là, on pourrait lui cracher dessus qu'il
ne réagirait pas. Il n'a pas la force de hausser la
voix, de s'expliquer. Les seules choses auxquelles
il s'accroche, ce sont ses connaissances. Ses lectures policières, ses après-midi à écouter la radio,
ses années de déjeuners avec Super Flic : il sait
qu'il a des droits, et notamment le droit au silence
et à la présence d'un avocat.

Mais il sait aussi qu'il ne va pas tenir longtemps
face au commissaire. Aucun avocat commis d'office n'a été prévenu et ne va venir le sauver comme
par magie. Si le commissaire veut jouer au plus
malin ou, pire, au plus fort, il est foutu. Ferdinand connaît ce genre d'homme : il va continuer
à le bousculer, avec des mots d'abord, puis physi-
quement. Combien d'histoires a-t-il lues à propos
de suspects qui finissent par avouer, même s'ils
sont innocents, après d'interminables interroga-
toires musclés ? Tout cela pour découvrir le véritable coupable des décennies plus tard, quand le
pauvre homme a croupi toute sa vie en prison,
voire pire. Voilà ce qui lui pend au nez. Il le sait.
La loi du plus fort.

Ferdinand reprend ses esprits et découvre un commissaire tout rouge, la veine du front qui palpite. Il massacre une pauvre feuille de papier, qui, quelques secondes auparavant, retraçait le déroulement de l'interrogatoire. Ferdinand comprend que ça y est, les choses sérieuses commencent. L'interrogatoire va devenir personnel et tourner au règlement de comptes. Des voix à l'extérieur du bureau. Merde ! Balard a appelé du renfort. Éric va se faire un plaisir de ressortir les vieux dossiers.

La porte du bureau s'ouvre. Apparaît alors une silhouette que Ferdinand ne connaît que trop bien.

— Non mais, qu'est-ce que c'est que ces manières ? On ne me pousse pas ! Maître Claudel, avocate de M. Brun. On me retient depuis plus d'une heure à l'accueil. Un certain Éric. On m'empêche d'assister à l'interrogatoire de mon client, qui a pourtant déjà commencé. C'est illégal, monsieur le commissaire. Et j'aurais apprécié que l'on me laisse entrer sans toutes ses fouilles. Je ne cache pas d'explosifs dans ma canne, nom de Dieu !

Au mot «explosifs», des regards inquiets s'échangent entre le commissaire et ses hommes. Balard est décontenancé : il n'avait pas prévu ça. Lui qui s'apprêtait à passer aux choses sérieuses.

En quelques instants, l'atmosphère change. La petite vieille prend possession des lieux : son parfum qui cocotte, son sac à main sur ses dossiers, sans parler de sa canne, qu'elle tape à tout bout de champ pour attirer l'attention. Le commissaire essaie de reprendre de sa superbe :

— Maître, ne voyez en aucun cas un désir de notre part de vous retenir plus que nécessaire. C'est la procédure habituelle : sans vouloir vous offenser, cela fait combien de temps que vous n'avez pas exercé ?

— Et vous, ne devriez-vous pas laisser votre place dans l'interrogatoire, monsieur le commissaire ? N'y a-t-il pas conflit d'intérêts, quand la victime est la belle-mère du commissaire ? répond du tac au tac Béatrice Claudel.

La partie ne fait que commencer…

— Maître Claudel, votre client risque quinze piges, autrement dit, de ne plus revoir la lumière du jour. Menace de mort sur la personne de Mme Suarez : deux témoins. Motif : une sordide histoire de chien et de canaris. Des comportements douteux : trafic au sous-sol de l'immeuble, intimidations par description précise de sévices de meurtriers. Sans parler des comportements déplacés envers de jeunes enfants : atteinte à la pudeur et violence gratuite !

— Vous avez fini ? (Un hochement de tête de l'intéressé et Béatrice Claudel continue.) Je ne vois là que des suppositions, monsieur le commissaire. Pas de plaintes, pas de faits avérés. Alors, si vous le voulez bien, concentrons-nous sur la mort de Mme Suarez et reprenons les faits, rien que les faits, monsieur le commissaire. J'ai ici le rapport du médecin, établi il y a tout juste deux heures. Il confirme une mort naturelle par crise cardiaque. Vous me permettrez d'en conclure que cela n'a rien d'étonnant pour une femme qui était suivie depuis plus de quinze ans par un cardiologue, le Dr Bernardin. Mais ça, vous le saviez déjà, monsieur le commissaire. Mme Suarez prenait tous les jours depuis huit ans de l'AAS, acide acétylsalicylique, et du Périndopril, un hypotenseur, pour réduire le risque d'accident cardiaque. J'ai ici une copie de son ordonnance. Comme vous pouvez le voir, elle récupérait ses médicaments à la pharmacie de la rue Bonaparte, chaque mois. La pharmacienne peut confirmer. Par ailleurs, les problèmes cardiaques de Mme Suarez étaient pris très au sérieux par son médecin, au vu des antécédents familiaux. Sa mère et sa tante ont fait chacune un infarctus, à respectivement cinquante-trois et cinquante-cinq ans. Elles n'ont pas survécu. Mme Suarez en avait cinquante-sept. Vous trouverez ici les certificats de décès et une note du Dr Bernardin. Je tiens à préciser que ce dernier n'enfreint aucunement le secret professionnel, puisque ces certificats ont été donnés à Mme Suarez pour qu'elle prenne conscience des risques potentiels. Quant à l'original de l'ordonnance, c'est une histoire personnelle : Mme Suarez m'avait chargée à plusieurs reprises d'aller lui prendre ses médicaments, les jours où, trop faible, elle préférait ne pas quitter sa loge. Un oubli, et j'ai gardé l'ordonnance au fond de mon sac. Il y a tellement de choses inutiles qui traînent dans le sac d'une femme, monsieur le commissaire.

Balard ne peut s'empêcher de rire grassement et s'apprête à mettre fin à cette mascarade, quand Béatrice, d'un coup de canne, reprend la main :

— L'heure de la mort, ensuite. Le médecin la fixe entre 9 heures et 9 h 30 lundi matin à l'hôpital, après une première attaque cardiaque le vendredi soir. Avez-vous demandé à mon client s'il a un alibi ? Avez-vous des preuves qu'il se trouvait sur les lieux ? Eh bien, moi, je vais vous le dire. M. Brun, ici présent, était à la Poste. Il envoyait un colis à son petit-fils pour son anniversaire. Les employés sont formels : il est arrivé au bureau Garibaldi vers 8 h 55. Il a ensuite utilisé le distributeur de billets à 9 h 28. J'ai une copie du reçu. Il a retiré soixante-dix euros. Puis il est parti au marché. Le maraîcher est catégorique : M. Brun était le premier ce jour-là à lui prendre des girolles.

« Bref, la vie trépidante de M. Brun n'est pas, me semble-t-il, l'objet de son arrestation. Alors, monsieur le commissaire, je vous le demande : puisque le médecin confirme la mort naturelle des conséquences d'une crise cardiaque, puisque mon client a de nombreux témoins qui confirment son alibi, que faisons-nous ici ? Pourquoi mon client a-t-il été gardé en prison plus de vingt heures ? Pourquoi l'avoir enfermé dans des conditions qui dépassent l'entendement ? Pourquoi ?

— Eh bien, M. Brun est entendu pour homicide avec préméditation, suite à la déposition spontanée de deux témoins. Pour le moment, nous préférons garder leurs identités secrètes.

— Ah, les témoins ! Quelle fiabilité ! Pas besoin de m'indiquer le nom des deux voisines en question. Madame Joly, alcoolique notoire, qui remplace son thé du matin par du floc depuis des années. Nous savons tous que cela la cloue chez elle, l'escalier du deuxième étage lui ayant déjà causé une chute mémorable. Au moment où M. Brun aurait eu des mots avec Mme Suarez, Mme Joly était donc déjà ivre. Ensuite, second témoin, Mme Berger, cleptomane connue des forces de police, qui a une dent contre mon client, plus précisément contre feu Daisy, la chienne de M. Brun. Son chat persan en avait une trouille bleue. Elle avait essayé de donner de la mort-aux-rats à Daisy, qui avait refusé le bout de viande. Je l'ai vu de mes propres yeux. Je ne vous demande pas de me croire. En revanche, je vous invite à vérifier l'emploi du temps de votre témoin. Vous découvrirez qu'au moment où elle prétend avoir entendu une dispute elle était maintenue dans l'arrière-salle du Franprix de la rue Bourseau pour vol de mascara. Ils l'ont gardée jusqu'à ce qu'elle accepte de payer, à la fermeture, à 19 heures. Je vous demande donc, monsieur le commissaire, avez-vous des preuves irréfutables contre mon client ?

Balard cherche du regard un peu de soutien auprès de ses hommes, mais tous se défilent.

— Je prends votre silence pour une réponse négative. Plus rien ne retient donc mon client. En souhaitant ne pas recroiser votre route prochainement, mes salutations !

Sur ces mots, Béatrice se lève et saisit le bras de Ferdinand, le soutenant jusqu'à la porte du bureau.

Tandis qu'ils sortent, le commissaire ajoute à l'intention de Béatrice :

— Vous n'oublierez pas de payer l'amende de cent trente-cinq euros pour stationnement interdit sur une place pour handicapés.

Elle le fusille du regard. Le commissaire s'empresse alors d'ajouter :

— Je plaisante, évidemment.

Et de regarder aussitôt son collègue du coin de l'œil, qui file illico.

— Je n'en doutais pas, rétorque Béatrice. Bafouer les droits de mon client était suffisant. Vous ne comptiez tout de même pas faire marcher un homme âgé de plus de quatre-vingts ans, déshydraté et en hypoglycémie sur plus de cent mètres. Adieu !

Béatrice se tourne vers Ferdinand :

— Je ne plaisante pas, mon ami. Vous êtes dans un sale état. Nous allons à l'hôpital. Vous devez voir un médecin immédiatement. Nous ferons certifier les mauvais traitements et on verra qui paiera bien plus de cent trente-cinq euros !

Béatrice aide le vieil homme à monter dans sa Mini noire. Un véritable exercice de contorsion pour le grand Ferdinand, déjà éreinté. Direction l'hôpital et au plus vite ! Sans mettre sa ceinture, Béatrice démarre en trombe et déboîte sur la chaussée sans faire le moindre contrôle. Ferdinand accroche aussitôt sa ceinture et s'agrippe de toutes ses forces à la poignée, celle-là même qui lui laboure la hanche.

— Ralentissez, madame Claudel, y a pas urgence.

— « Madame Claudel » ? Depuis quand ne m'appelez-vous plus Béatrice ? Mon pauvre ! Ils vous ont vraiment retourné le cerveau. Et vous n'avez pas vu votre tête ! Vous êtes blanc comme un linge, encore plus pâle que tout à l'heure.

— Je pense sincèrement que ça irait mieux si vous ralentissiez. Laissez-moi conduire d'ailleurs.

— Dans votre état ? Nous serions bons pour un accident ! Ah zut, on vient de rater la sortie. Regardez de votre côté et dites-moi s'il y a quelqu'un.

— Quoi, mais vous allez pas faire marche arrière sur une voie rapide ? !

— Il y a quelqu'un ou il n'y a personne ? Personne ? J'y vais !

Béatrice recule sur cinquante mètres pour récupérer la bretelle d'accès, direction l'hôpital. Elle prend le virage, pied au plancher.

— Non mais vraiment, ra-len-ti-ssez, ou on va tous mourir !

— Ce n'est pas ce que vous vouliez, après tout ? Je plaisante, mon cher. Non, sérieusement, les accidents de voiture, on a donné dans ma famille. Mon mari était pilote de Formule 3 et il est mort lors d'une course d'entraînement, paix à son âme. Et un de mes neveux s'est fait renverser par un bus en Angleterre. Il a regardé du mauvais côté et il est mort sur le coup. Alors croyez-moi, je fais extrêmement attention. Accrochez-vous tout de même, nous venons de passer à l'orange bien mûr.

Au loin, le H lumineux de l'hôpital apparaît. Ferdinand pousse un soupir de soulagement. Plus que quelques mètres. À soixante-dix kilomètres-heure, Béatrice déboule sur le parking de l'hôpital et s'arrête, dans un dérapage tout à fait contrôlé, sur l'emplacement réservé aux urgences.

Une frappadingue, conclut Ferdinand.

— Voyez, nous sommes sains et saufs. Allons, dépêchons-nous.

En sortant de la voiture, Ferdinand chancelle. Il s'appuie un instant contre la carrosserie et constate l'étendue des dégâts : l'aile droite enfoncée, le pare-chocs arrière abîmé et des rayures à peu près partout. Oui, c'est sûr, en voiture, Béatrice est extrêmement prudente !

32

Complètement zinzin

La chambre dans laquelle Ferdinand a été relégué est deux fois plus petite que celle de son précédent séjour à l'hôpital, et surtout deux fois plus habitée. À sa droite, une petite bonne femme de quatre-vingts ans bien sonnés aux allures de speakerine sur le retour se montre plus qu'enchantée d'avoir de la compagnie. Ferdinand, lui, lutte contre le torticolis qui s'est installé à force de snober les bavardages de sa voisine et de garder la tête tournée vers la fenêtre. Il attend vainement que l'équipe médicale se rappelle son existence quand entre enfin la grande silhouette blanche du Dr Labrousse.

— Ah… Docteur ! Vous voilà. Est-ce que vous pouvez me faire sortir d'ici ? J'en peux plus ! J'ai mal au crâne. Ma voisine de chambre, elle fait que parler. Et vraiment fort. Elle est sourde ou quoi ? Faites quelque chose, s'il vous plaît.

— Mme Petit ? Elle est adorable, non ? Toujours une anecdote cocasse à raconter.

— C'est vous qui le dites. Venez partager sa chambre, vous me redirez si vous appréciez d'entendre en boucle les deux mêmes histoires barbantes. Et puis la nuit, qu'est-ce qu'elle tousse ! C'est contagieux, son truc ? Elle est là pour quoi ?

— Chute dans sa cuisine ! Je vous rassure, elle sort aujourd'hui. HEIN, MADAME PETIT ? CONTENTE DE SORTIR ?

Puis le Dr Labrousse se tourne à nouveau vers Ferdinand.

— Je vais vous faire une confidence, elle a le béguin pour vous. Elle a dit à toutes les infirmières et à ses petits-enfants que vous aviez un air de Clint Eastwood ou d'Anthony Hopkins, en plus mûr.

— Je suis pas certain du compliment. Un mélange de flic à la gâchette facile et de cannibale ? Merci bien ! Vous voulez pas me changer de chambre ? Ou mieux : m'autoriser à sortir ? Ça fait plus de deux jours… Je sens que je vais attraper une maladie nosocomiale !

— On se calme, monsieur Brun. Tout d'abord, comment va votre mâchoire ?

— Ça va. Mais qu'est-ce que je fais ici ? Je vais très bien, à part ce maudit mal de crâne. (Il lance un regard noir en direction du lit voisin.) Je veux rentrer chez moi. On m'a emmené de force et on me garde sans explication.

— Rassurez-vous, rien de grave, monsieur Brun. On voulait simplement vous remettre sur pied et on en a profité pour faire des examens complémentaires.

— Pas étonnant que le trou de la Sécu soit aussi grand. Qui paie pour ces examens dont personne n'a besoin ? Pas moi, j'espère !

— On se calme. Non, ce n'est pas vous, monsieur Brun. Je dois vous dire que je suis assez surpris des résultats de vos analyses.

— Vous l'étiez déjà la dernière fois, non ? rétorque, impassible, Ferdinand.

— Heu, oui, mais positivement. Ce qui me surprend aujourd'hui, c'est la faiblesse de votre cœur. Vous avez fait des folies récemment ? J'essaie de comprendre ce qui a pu changer en si peu de temps.

— Heu… je vois pas très bien. Je viens de faire un trajet dans un pot de yaourt à la vitesse d'une Formule 1 et conduit, non pas par Michael Schumacher, mais par une nonagénaire aveugle et inconsciente des dangers. C'est peut-être ça ?

— Humm, je ne pense pas. En tout cas, il va falloir prendre soin de vous. Ménagez-vous. Faites-vous chouchouter par votre famille : pas d'efforts physiques inutiles, pas de chocs émotionnels, pas de batifolages inconsidérés avec Mme Petit. Je plaisante ! Allez, je vous donne de quoi calmer votre migraine et si tout est parfait ce soir, vous sortez demain matin. Courage, monsieur Brun !

33

Aller à confesse

Les médicaments donnés par le Dr Labrousse pour soulager le mal de tête se sont révélés efficaces, si efficaces que Ferdinand n'entend plus les radotages de sa voisine. Il ne saurait même pas dire si elle se trouve encore dans la chambre ou si c'est lui qui a été transporté ailleurs.

Ferdinand se sent bien, comme sur un petit nuage, bercé par une chaleur enveloppante. Il se met à rêver, à divaguer. La vie lui semble si douce tout d'un coup, de ces moments où l'on se dit que l'on ferait bien une pause ici, que l'on arrêterait le marque-page de sa vie à cet instant précis. Même s'il est à l'hôpital, lui qui a toujours fui ces mouroirs, comme il dit, il se sent en sécurité. Tous ses problèmes semblent s'être envolés : Mme Suarez, l'accusation de meurtre, et même cette histoire de maison de retraite.

Seule la situation avec Mme Claudel reste délicate, Ferdinand a vraiment trop honte. Il continuera à l'éviter et passera son temps libre plutôt avec la fillette, si son père est d'accord, bien sûr. D'ailleurs voici la jeune Juliette qui vient lui rendre une visite surprise. Elle a les bras chargés, non pas de fleurs – elle commence à le connaître – mais de gourmandises irrésistibles pour l'octogénaire : caramels (pourvu qu'il n'en perde pas ses dents), pâtes de fruits, marrons glacés et calissons.

— Oh ! ma fille, comme je suis content de te voir ! Il faut qu'on reparle de cette histoire de maison de retraite. Crois-moi, j'en ai pas besoin !

— Heu, Ferdinand, c'est Juliette, pas Marion. Je vous ai apporté des choses à manger.

— Oh, pardon petite, où avais-je la tête ? C'est gentil à toi d'être venue mais je veux pas que tu aies des problèmes avec ton père à cause de moi.

— Pas de souci, Ferdinand, je lui ai parlé. Il ne vous aime pas, mais alors, pas du tout ! Bon, vous n'avez rien fait pour faciliter les choses. Mais il est d'accord pour essayer de prendre un nouveau départ. Ce n'est pas gagné pour nos déjeuners mais c'est déjà ça. Ça serait dommage de ne plus venir manger chez vous, surtout que c'est bien meilleur qu'à la cantine.

— Pourtant je sais pas faire grand-chose. Ma femme, elle, était un véritable cordon-bleu. Et que je te faisais des plats en sauce par-ci, des tartes par-là. Que des choses excellentes alors qu'il y avait rien dans le frigo. Et je l'encourageais : «C'est pas mal. Mangeable. Tu pourras en refaire ! »

— Vous avez toujours été comme ça ? Je veux dire, à ne jamais faire de compliments ?

— Moi, je suis taquin. Et franc. Ça, on ne peut pas me reprocher le contraire. Peut-être que l'on peut prendre mes boutades pour de la méchanceté si on me connaît pas, mais Louise, elle me connaissait. Je dis toujours la vérité, même si ça fait pas toujours plaisir.

— Comme un enfant de trois ans, quoi ?

— Ou de dix ! N'est-ce pas ? Moi, j'ai jamais su mentir. Je suis comme ça : un homme de vérité. Je suis un homme droit, d'ailleurs j'ai jamais trompé ma femme.

— Et vous voudriez une médaille ? Mon père non plus n'a jamais trompé ma mère !

— Que tu crois, mais bon… passons. Tu es encore une enfant. Bref, je sais pas pourquoi on parle de ça, d'ailleurs.

— Vous me racontiez comment votre femme en était arrivée à ne plus vous supporter.

— Ah oui, elle aimait pas la vérité, elle la prenait toujours personnellement. C'était pourtant que des remarques objectives. Et puis moi, j'aime pas les questions à réponse unique. Si elle me demandait : «Est-ce que la peau de mon cou pend plus qu'avant?» que pouvais-je répondre? Mentir? «Non, ma belle, tu es aussi ferme qu'au premier jour!» Moi aussi mon corps s'affaissait, elle avait bien dû le remarquer, alors j'allais pas lui raconter des salades. Ça aurait rompu la confiance entre nous.

— Vous répondiez quoi, alors?

— Bah que oui, ça faisait un peu dindon, ou non, un peu comme la texture des tripes.

— Je n'y crois pas! Mais pourquoi vous étiez aussi… imaginatif?

— Je sais pas, ça sortait tout seul. Parfois, elle me demandait rien mais je pouvais pas m'empêcher de lui faire des réflexions. C'était pour l'aider, par une remarque constructive. Quelquefois même, j'avais rien besoin de lui dire, elle comprenait, rien qu'à ma tête. Par exemple, si elle me demandait ce que je pensais de sa nouvelle robe, je lui disais la vérité : «Non, cette robe te met pas du tout en valeur. On voit tes bras tout flasques qui ballottent. Et cette robe te fait un sacré ventre : on dirait que t'es enceinte. T'es pas enceinte au moins?» Une fois, elle est revenue de chez le coiffeur avec les cheveux gris! Elle m'a rien demandé, mais en même temps c'est une femme : une femme qui revient de chez le coiffeur attend toujours l'approbation de son mari. Je me suis donc exécuté. «Tes cheveux argent, c'est pas une réussite ! Je sais que c'est plus économique, mais ça fait vraiment mémé ! » Sinon, une fois, elle m'a fait un caca nerveux pour un slip. Je l'avais juste posé sur son oreiller, sans rien lui dire, pour pas la commander. Mais elle est montée sur ses grands chevaux, avec ses « Tu me prends pour ton larbin ? Tu aurais mis un télégramme avec : "TROU. STOP. REPRISER. STOP. URGENT. STOP" que c'aurait pas été pire ! » Comment je pouvais deviner qu'un simple slip pouvait causer autant de tracas ?! C'est qu'elle était pas mauvaise en couture. Elle faisait les vêtements de Marion et des trucs inutiles pour la maison, des torchons ou des nappes. Et chaque fois, avec le même tissu vichy rouge. Je peux plus le voir en peinture !

— Mais, rassurez-moi, vous l'aimiez, votre femme ?

— Bien sûr.

— Et vous lui disiez ?

— Non, pas directement. Je trouve ce genre d'épanchement toujours hors contexte. Ça me dérange. Et quand elle me demandait carrément : « Est-ce que tu m'aimes encore ? » tel un ultimatum, j'arrivais pas à lui répondre le « bien sûr, ma chérie » qu'elle attendait, même si on aurait gagné du temps et évité plein de disputes. Je pouvais tout simplement pas ! Car j'avais plus le cœur qui se serrait comme au début, quand on avait vingt ans. Alors je répondais en plaisantant : «Bah, on s'entend bien, on s'est habitués l'un à l'autre, on a notre petite routine, et sincèrement j'aurais la flemme de chercher mieux.» Jamais eu de bol, moi, avec les femmes !

— Mais dans quel siècle vous vivez, Ferdinand ? Aucune femme ne tolérerait un pour cent de vos actions ou de vos paroles ! Ou alors il faudrait la choisir amnésique. Dites-moi si ça vous intéresse, j'ai une adresse ! Et puis, arrêtez de tout mettre sur le compte de la malchance. Les femmes vous quittent car vous les faites fuir. Point ! Et vous n'êtes même pas fichu d'apprendre de vos erreurs... Regardez comment vous vous comportez avec Mme Claudel. Elle qui continue de vous tendre la main. Vous avez encore le temps de corriger le tir. Pareil avec Marion. Alors faites-le ! Moi, je rêverais de pouvoir revivre ma dernière conversation avec ma mère. J'y pense souvent, vous savez. Je n'étais pas très gentille avec elle les derniers temps : je lui en voulais de s'occuper plus d'Emma que de moi. Je lui en voulais de ne plus être sa seule princesse ! On est tous un peu égoïste. Mais stupide, non ! Est-ce que vous avez déjà fait un truc, une fois, juste pour faire plaisir à Louise ?

— Non, mais c'est pas facile avec les bonnes femmes, on sait jamais ce qu'elles veulent. C'est vrai qu'elle m'a tendu une perche, une fois. Elle arrêtait pas de me dire : «Tu sais quel est mon rêve? Voyager. Partir à l'étranger. Une fois. Je crois que j'aimerais aller voir le Taj Mahal en Inde.» Moi, je comprenais pas pourquoi elle voulait aller à l'autre bout du monde. Je lui répondais : «Mais pour quoi faire? T'aimes pas la chaleur! Tu paniques quand tu vois trop d'étrangers d'un coup, t'as même jamais voulu m'accompagner faire du camping sauvage à la montagne.» Et quand elle a acheté un sari orange, j'ai peut-être été un peu dur en lui disant qu'elle était ridicule, qu'on n'était pas au carnaval.

— Vous êtes un cas désespéré, Ferdinand. Ne vous vexez pas, mais c'est elle qui aurait mérité une médaille. Elle est restée combien de temps avec vous, en tout?

— De ses dix-huit à ses soixante-deux ans. Elle m'a dit qu'elle a gâché ses plus belles années avec moi. Tu te rends compte? Elle est gonflée! C'est pas des choses qu'on dit au moment d'un divorce, surtout quand on est en tort.

— Comment ça, «en tort»?

— Bah, le facteur, avec qui elle m'a trompé et pour qui elle m'a quitté comme une vieille chaussette! Même ses vieilles chaussettes auraient été mieux traitées. Alors, il fallait que ça sorte, que je me venge.

— Vous êtes sûr que vous voulez me raconter la suite? Vous avez l'air fatigué.

— Non, je crois que j'ai besoin d'en parler, une fois, et après ce sera oublié. Même Marion, ma fille, je lui ai jamais dit ce que j'avais fait.

— Vous me faites peur, Ferdinand. Vous n'êtes pas un *serial killer,* quand même ?

— Non, mais j'ai fait des choses dont je suis pas fier, des choses qui m'ont fait atteindre le point de non-retour. Un jour, alors que Louise était pas chez elle, je me suis introduit dans la maison, enfin dans *sa* maison – j'avais gardé un jeu de clés dont elle ignorait l'existence. Là-bas, j'ai tout ruiné. J'ai mis du désherbant sur ses fleurs. Des jonquilles. Tu te rends compte ? J'ai toujours eu le jaune en horreur mais là, c'en était trop ! On aurait dit qu'elle voulait exposer son adultère à tout le village : cocu et avec le facteur ! J'ai rayé sa voiture et crevé les pneus du salaud. J'ai coupé les fils électriques de tous les appareils électroménagers que je lui avais offerts. J'ai même mis des orties dans ses bottes en caoutchouc ! Pire, j'ai relâché les poules. Elles sont sûrement pas allées bien loin, avec les chiens du voisin et les renards dans le bois.

« Quand elle est rentrée, je me suis caché et je l'ai vue s'effondrer en larmes. Ça aurait dû m'émouvoir, mais rien. C'était bien fait pour elle ! Après ce jour-là, elle m'a plus jamais laissé l'approcher et ils ont déménagé dans le sud de la France. Je sais juste qu'elle est morte d'une stupide chute en sortant de la baignoire. Je peux pas dire que c'est le bon Dieu qui l'a punie, car s'il y avait une justice, j'aurais dû être le premier à trinquer. On dit souvent que ce sont les plus coriaces qui partent en dernier. Enfin bref, voilà toute l'histoire.

— Vous avez littéralement poussé votre femme dans les orties, et vous espériez vraiment qu'elle revienne après tout ça ? Ce n'est pas à moi qu'il manque une case ! Et maintenant… vous n'avez pas quelques regrets, quand même ?

— Pour être tout à fait honnête avec toi, si, je regrette, mais si c'était à refaire, je crois que je serais pas capable de faire différemment. La seule différence est que j'attendrais chaque jour qu'elle se décide à me quitter et que, le moment venu, je serais pas surpris. J'aurais des regrets pour moi, mais pas pour nous. Pour moi : d'avoir échoué, à nouveau, d'être incapable d'influer positivement sur le cours de ma vie. Voilà mes regrets, pas ceux que tu attendais, n'est-ce pas ?

— Mais tout n'est pas fini ! Il vous reste votre fille et votre petit-fils. Il y a peut-être des choses que vous aimeriez changer avec eux ?

— Pfff ! C'est trop tard. Avec ma fille, j'aurais dû faire autrement, peut-être l'emmener à la mer. Les enfants, ça aime bien la mer, non ? Maintenant ils sont à l'autre bout du monde. Marion me demande tout le temps de venir, mais j'ai rien à faire là-bas, chez les chinetoques. Elle voulait même me payer le billet, plus de quatre cents euros, tu te rends compte ? Mais c'est pas la question. Elle va travailler tout le temps, je la connais. Et puis moi, aller à l'étranger, j'y tiens pas plus que ça, je connais pas. Mon petit-fils, j'ai dû le voir dix fois maximum depuis sa naissance. Il a dix-sept ans maintenant, on aura rien à se dire. Alors, autant s'épargner l'argent et le voyage.

— Oui, autant s'épargner de vivre. Économisons-nous, et nos sentiments aussi, tant qu'on y est, ironise Juliette.

34

Saperlipopette

Juliette est revenue le lendemain. La discussion de la veille est effacée. Tout comme la promesse du médecin qui avait certifié à Ferdinand qu'il pourrait sortir le matin. Il semblerait que le vieil homme ait encore été oublié. Ferdinand est patraque, il ne sait même plus s'il a rêvé cette longue tirade de fautes inavouables. Certainement. Sinon pourquoi la petite serait revenue ?

Ils sont en train de parler de choses et d'autres quand un son électronique retentit dans la chambre d'hôpital, se répétant plusieurs fois. Ferdinand, perplexe, cherche autour de lui l'origine de cette nuisance sonore, se demandant ce qu'il a encore pu faire. C'est alors que Juliette sort de son sac à dos une tablette tactile.

— Je crois que votre fille aimerait vous dire un mot. Vous avez des choses à vous raconter, non ?

Juliette tend l'appareil tout plat à Ferdinand qui se sent comme une poule devant un couteau : dubitatif. D'où vient cette voix familière ? Il lance un regard désespéré à Juliette qui tourne l'écran vers lui. Le vieil homme découvre alors le visage de sa fille. Marion, qui est pourtant si loin, lui semble être juste à côté de lui. Il parvient même à déceler des signes d'inquiétude et de fatigue.

— Bonjour, papa.

— Comment ça marche, ce machin ? Il est où le micro ? Est-ce qu'elle me voit ? Je tremble trop, elle va avoir le mal de mer ! Tu peux mettre le son plus fort ? J'entends rien. MARION ??? TU M'ENTENDS ?

— Oui, papa, très bien. Ce n'est pas la peine de crier. Parle comme dans un téléphone, pas plus fort. Comment ça va, toi ?

— Ça va… je suis à l'hôpital. Mais j'ai connu pire. C'est bizarre de parler dans ce truc. Je me sens un peu faible et j'ai la tête qui tourne. T'es floue, Marion. J'ai hâte de sortir… Ah, l'image est meilleure maintenant !

— Oui, mais je m'en veux. Surtout d'avoir raté ton appel. Ça a fait traîner les choses au commissariat. Tu n'aurais pas cette mine si j'avais eu ton message immédiatement. C'est un peu ma faute, et surtout celle d'Éric. Je l'ai appelé pour lui demander des explications, il ne faisait pas le fier. Que je le croise, celui-là !

— Si je peux me permettre, toi aussi, tu as une sale tronche. Tu dors la nuit ?

— Pas trop en ce moment. Entre toi qui fais un énième séjour à l'hôpital et Alexandre qui passe des examens de santé…

— Qu'est-ce qu'il a, Alexandre ?

— Pour le moment, on ne sait pas trop. Donc pas la peine de s'inquiéter. Mais tu me connais : nerveuse et anxieuse pour un rien. Je ne dors plus et je régurgite tout ce que j'avale.

— Tu me tiens au courant, s'il y a quoi que ce soit que je puisse faire.

— C'est gentil, papa. Et je suis désolée pour cette histoire de maison de retraite. Je crois que j'ai eu très peur de te perdre, surtout après la mort de maman. Tu es ma dernière famille, que cela te plaise ou non. J'ai eu tort.

— Ça va, Marion, c'est rien. Et puis, ça m'a pas fait de mal de faire un peu le ménage. Les patins glissent mieux maintenant. Le plus dur a été de supporter Mme Suarez.

— Papa, j'ai bien réfléchi. La maison de retraite, ce n'est pas la solution. Quelque chose a changé chez toi depuis peu. Rien que proposer ton aide pour Alexandre : c'est du jamais-vu. Mais je ne peux pas m'empêcher de m'inquiéter : tu passes tes journées seul, à ne rien faire. Tu as pensé à reprendre un chien ? Je n'étais pas pour, mais ça te ferait du bien, tu sais.

— J'ai pas besoin de chien. Je le sens pas de tout recommencer : l'éducation, les sentiments… Pour le voir partir encore avant moi. Et puis, j'ai Juliette maintenant. C'est un peu pareil, un ventre sur pattes, les balades en moins. Elle est gentille, cette petite.

— Mais c'est aussi ça qui me fait mal au cœur. Tu vas finir par mieux connaître une étrangère que ton propre petit-fils. C'est de son vrai grand-père qu'il a besoin, pas d'un remplaçant.

— C'est pas moi qui ai choisi d'aller habiter à Singapour !

Ferdinand a le don de mettre le feu, pas seulement aux poudres, mais également au calumet de la paix.

— Papa, c'était pour vous fuir, toi et maman ! Vous me mettiez au milieu de vos histoires. Je ne pouvais pas passer vous voir sans entendre vos reproches respectifs. Pire, tous vos «Parle-lui ! Il saura t'écouter» ou «Va la voir et demande-lui de revenir, je suis prêt à accepter ses excuses». C'est triste à dire, mais avec la mort de maman, au moins, ça s'est calmé. Et puis, moi aussi, j'ai changé. Je vieillis et je me rends compte de ce qui est vraiment important pour moi. Et en six mois, j'ai failli te perdre deux fois. Ce n'est pas une vie, ni pour toi, ni pour moi, ni pour Alex. (Marion prend une profonde inspiration et lance :) J'ai pris une grande décision, papa.

Je vends l'appartement et tu viens habiter avec nous, à Singapour. T'en penses quoi ?

— Chérie, je suis pas sûr d'avoir bien entendu, ça a coupé. De toute façon, il faut que je raccroche, c'est l'heure de mes soins. L'infirmière vient d'entrer. Je t'embrasse !

— Papa, ne raccroche pas tout de suite. Tu as entendu ma proposition ?

Pendant de longues secondes, tous deux se taisent. Le visage de Ferdinand reste fermé, puis il finit par lâcher :

— Je crois, oui.

— J'ai conscience que ça représente un énorme changement. Mais c'est la famille ! Je ne te demande pas une réponse immédiate, je ne te force à rien. Je te dis juste que ça me ferait plaisir. Bon, je te laisse à tes infirmières, n'en profite pas ! Appelle-moi dès que tu rentres à la maison. On en reparlera. Bisou, papa. Je t'aime.

— Allez, salut Marion. Comment ça s'éteint, ce machin ? JULIEEEETTE ???

35

Jeux de mains, jeux de vilains

Ferdinand est rentré chez lui depuis deux jours. Sa convalescence à l'hôpital a été plus longue que prévue et il est soulagé d'avoir retrouvé son appartement. Comme Marion le lui avait demandé, il l'a informée de son retour à la maison, essayant de battre le record de la conversation téléphonique la plus courte au monde : onze secondes. Il ne voulait pas lui donner une chance de rouvrir la discussion sur sa proposition de déménagement. Ferdinand déteste les déménagements, et il n'arrive pas à envisager sérieusement la demande de sa fille.

Depuis deux jours, il vit reclus : ni Juliette ni Béatrice ne savent qu'il est revenu. Il veut se faire oublier, profiter de sa solitude pour réfléchir. Et puis, la Béatrice, il l'a encore en travers de la gorge. D'abord elle flirte avec lui en lui racontant sa vie et en lui faisant part de ses sentiments, ensuite elle l'envoie sur les roses, puis elle le tire *in extremis* d'une condamnation injuste, pour finalement l'obliger à retourner à l'hôpital, lui qui déteste les murs verts et les bips incessants qui semblent avoir le droit de vie ou de mort sur sa personne. Sans parler du trajet en auto où elle a failli le tuer à plusieurs reprises. Une folle !

Bon, c'est vrai, parfois, il se dit que lui aussi a un grain. Mais il a surtout une grande fierté. Comment la côtoyer à nouveau ? Par où commencer ? Des reproches ? Des excuses ? Un baiser ? Pour le moment, il a décidé de l'éviter, ainsi que la partie de bridge du soir.

La pendule en plastique affiche 17 h 52. Ferdinand tourne en rond. Plus l'heure du rendez-vous approche, plus il est anxieux. Il ressasse chaque conversation, regarde par la fenêtre comme s'il allait trouver une solution, vérifie à nouveau l'heure.

17 h 53. *Dans sept minutes, Béatrice va venir à ma porte me supplier pour que je vienne jouer. Mais je n'irai pas. Je n'irai pas !* Ce n'est pas qu'il lui en veuille tant que ça. Il le savait au fond : quatre-vingts ans d'expérience. *C'est toujours pareil avec les bonnes femmes. Elles me demandent de les aimer plus et me jettent quand j'ai enfin des sentiments ! Je n'irai pas jouer ce soir ! Ça, c'est sûr ! De*

206

toute façon, elle aura pas besoin de venir sonner : la feuille des scores est déposée sur son paillasson. Elle comprendra le message. 17 h 54. *Non mais c'est pas vrai : elle marche pas cette pendule, elle traîne ! À croire qu'elle est du côté de Béatrice : elle me torture à petit feu.*

17 h 56. Ferdinand soupire. Il va voir à l'œilleton. La feuille est toujours à sa place. Béatrice ne va pas tarder à la découvrir. *J'ai hâte de voir sa tête quand elle comprendra que je viendrai pas. Que c'en est fini de nous deux.* Ferdinand, tel un animal en cage, repart se poster devant la fenêtre, le regard dans le vague. *En même temps ce serait dommage de partir maintenant. La concierge n'est plus là pour me casser les pieds, les voisines me font les yeux doux, Juliette m'apporte des pâtes de fruits…*

Ça sonne. Ça sonne ? Mais il n'est que 17 h 57. C'est qu'elle devient malpolie, la Béatrice, elle est en avance ! De toute façon, je ne suis pas là. Silence. Ferdinand se plaque contre le mur. Il ne bouge plus, retient sa respiration. Puis, il se souvient. *Mince, la lumière, j'aurais dû éteindre. Je suis sûr qu'elle va voir le rai de lumière sous la porte. Grrr…*

À pas de loup, Ferdinand glisse sur ses patins jusqu'à l'interrupteur de l'entrée. Il est en apnée. Un, deux, trois. Il appuie sur le bouton : la lumière s'éteint. Ouf !

Mais l'envie de voir la tête implorante de sa voisine est trop forte. Un dernier effort et, de l'index, il soulève le cache de l'œilleton. Il ajuste son verre, cale son œil : rien ! On n'y voit rien. Soudain une petite voix inquiète appelle :

— Houhou, il y a quelqu'un ? Où est cette fichue lumière ? Houhou...

Ce n'est pas la voix de Béatrice... Pourtant il y a quelqu'un : on a sonné à nouveau...

Tout d'un coup, la lumière revient. Une silhouette blanche apparaît. Grande. Blonde. Élancée. De dos. Une femme, dans un long manteau de·fourrure blanche. Elle se retourne et scrute la porte, comme si elle essayait de voir à travers. Ferdinand peut presque sentir la chaleur de ce regard perçant lui picoter le ventre. Il se concentre et distingue désormais plus nettement les traits de l'inconnue. Des yeux bleu-gris, un visage poupin quelque peu marqué par les années, une bouche fine redessinée de rouge. Une belle femme, de soixante-cinq ans tout au plus. Ferdinand ne l'a jamais vue par ici, sinon il l'aurait remarquée, peut-être même accostée ! Subitement la silhouette blanche semble s'élancer vers lui et sonne à sa porte. *Zut,* se dit Ferdinand, en fermant les yeux et la bouche le plus fort possible, comme pour disparaître. *Elle m'a vu.*

L'inconnue sonne à nouveau.

— Bonjour. Il y a quelqu'un ? Je suis un peu en retard. Je me suis perdue dans l'escalier. Il n'y a pas de numéro aux étages. Je viens pour la partie de bridge.

Soulagement. Ferdinand souffle jusqu'à vider entièrement ses poumons. *Ouf ! ce n'est pas moi qu'elle cherche, enfin pas personnellement.* Ferdinand entrouvre la porte et laisse passer la tête.

— C'est la porte d'en face, ma petite dame. Vous verrez, j'ai posé la feuille des résultats sur le seuil.

— Ah, merci ! Oui, le jeu, suis-je bête... Où avais-je la tête ? Je suis désolée de vous avoir dérangé.

Elle prend une longue inspiration, ses mains tremblent.

— Puis-je vous demander de me prêter votre bras pour m'aider à faire ces quelques mètres ? Mes jambes ne me portent plus. J'ai eu vraiment peur dans le noir...

— Heu, oui, je vais vous aider, mais, heu... il y a un malentendu...

Ferdinand prend ses clés et tire la porte derrière lui.

— Merci beaucoup, monsieur, pour votre aide. J'ai de la chance d'avoir affaire à un chevalier servant. N'est-ce pas merveilleux ? Je me trompe de porte et je tombe sur un homme charmant et joueur de bridge, qui plus est. Puis-je savoir à qui ai-je l'honneur ? Moi, c'est Madeleine, dit-elle en attrapant le bras du vieil homme.

Ferdinand a la tête qui tourne. C'est lui qui aurait besoin de se tenir. Il est bouleversé. Lui qui avait prévu de faire le mort toute la soirée se retrouve sur le palier, sur le point de sonner chez Béatrice, avec à son bras une femme séduisante sortie de nulle part. Comment fuir avant d'être repéré par sa voisine, tout en laissant une bonne impression à la belle Madeleine (on ne sait jamais…) ?

Mais la porte s'ouvre sur Béatrice qui s'exclame :

— Ah ! je me disais bien avoir entendu votre porte claquer. Je suis *vraiment* ravie que vous soyez venu, Ferdinand. Je vois que vous avez déjà fait la connaissance de Madeleine, notre nouvelle partenaire. Elle est la joueuse la plus aguerrie que je connaisse. Allez, entrez. Vous qui jouez bien, Ferdinand, voici quelqu'un de votre pointure. D'ailleurs, vous avez sûrement entendu parler de Madeleine par Juliette : c'est sa grand-mère !

L'intéressée s'illumine :

— Je suis heureuse d'apprendre que je me trouve au bras de Monsieur Ferdinand. Enchantée ! Nous nous verrons régulièrement, j'habite désormais l'étage du dessus, enfin… me semble-t-il. Je dois vous faire une confidence : ma mémoire me joue parfois des tours.

La partie se joua à quatre, dès l'arrivée de M. Palisson, qui aida Ferdinand à déplier la table de bridge. Il fallut réexpliquer trois fois les règles. Cependant chacun passa un très agréable moment. M. Palisson n'était plus le plus lent. Béatrice se réjouissait de la présence inespérée de son voisin. Madeleine passait la soirée la plus divertissante de ses derniers mois, enfin, qu'elle se souvienne. Quant à Ferdinand, il gagna, mais ne songea même pas à se réjouir de sa victoire tant il était chamboulé par cette superbe femme qui avait passé la soirée à lui toucher le bras…

36

La der des ders

Les fêtes de Noël approchent. Béatrice, comme à l'accoutumée, s'en va passer dix jours avec ses enfants, puis fêtera le 31 décembre à la maison de retraite avec sa belle-sœur. Juliette part avec son père, sa petite sœur et sa grand-mère en Normandie ; Madeleine va suivre une cure thermale. Comme chaque année, Ferdinand, lui, n'a pas grand-chose de prévu. Marion n'a pas de congés, du coup Alexandre part chez son père pour les fêtes. Et voilà ! Il a fait le tour de ses options. Il sera seul. Comme l'année précédente. Ah non, l'an dernier, il y avait Daisy.

Dernier jour d'école avant les vacances. Juliette a promis à Ferdinand de venir déjeuner avec lui. Il lui a préparé son plat préféré : poulet et coquillettes, avec du jus, et des cornichons. Pour le dessert, il a prévu une surprise :

une mousse au chocolat maison. Une première ! La seule cuillerée qu'il s'est autorisée était délicieuse.

La table est mise, quand la fillette, ponctuelle, déboule à la porte de l'octogénaire. De son cartable, elle sort son bulletin qu'elle montre fièrement à Ferdinand. Il n'a jamais eu de notes comme celles-là, lui. Elle ira loin, cette petite ! Ferdinand est fier d'elle. Juliette s'installe déjà à table, pipelette comme tout. Le poulet n'est pas tout à fait cuit. Elle lui raconte sa matinée d'école. En guise d'amuse-bouche, elle engloutit le bocal de cornichons. Soudain toutes les lumières s'éteignent. Le frigo et le four aussi. Une coupure d'électricité. Rapide vérification à travers l'œilleton : il y a de la lumière dans l'escalier. Ferdinand remonte le disjoncteur. Le courant ne revient pas. Zut ! Son repas de Noël va être gâché si le poulet est cru et la mousse, chaude. Pris d'un élan que Juliette ne lui connaissait pas, il sort de chez lui en trombe et sonne chez Béatrice. Celle-ci, surprise, crayon de papier à la main, lui ouvre, tout sourires.

— Bonjour, Ferdinand. Tout va bien ?

Juliette passe la tête sur le palier et salue la nonagénaire d'un signe de main.

— Ah, je vois que vous avez de la visite. Bonjour, Juliette ! Puis-je faire quelque chose pour vous, Ferdinand ?

— Béatrice, j'ai une faveur à vous demander. Il y a une panne d'électricité chez moi et le disjoncteur est pas collaboratif. En attendant, il y a urgence : j'aurais besoin de finir de cuire le poulet dans votre four, si ça vous dérange pas.

Béatrice sourit.

— J'adore le poulet. Mais toute seule, je finis par en manger toute la semaine…

Ferdinand comprend tout de suite le message. Béatrice est intelligente : elle a toujours su communiquer ses envies avec tact.

— Nous ferez-vous l'honneur de vous joindre à nous, Béatrice ?

— Quelle merveilleuse attention ! Avec grand plaisir. C'est si gentiment proposé. Ne nous embarrassons pas à faire des allers-retours d'une cuisine à l'autre, déjeunons dans ma salle à manger.

L'heure tourne, Ferdinand n'a pas le temps de faire des manières ni de refuser. Il acquiesce. Juliette a suivi la conversation et a déjà tout rassemblé. Le poulet, les pâtes et la mousse, tel un cortège d'offrandes, quittent l'appartement de Ferdinand et traversent le couloir pour prendre place dans la cuisine équipée de Béatrice. Dans la salle à manger, la nappe blanche est déjà étalée, sans un pli. Le couvert est mis, la carafe, remplie d'eau. Un gros pain de campagne est posé sur une planche à découper. Ferdinand n'avait pas pensé au pain, lui, alors que, selon Juliette, il n'y a rien de meilleur que de saucer.

Une fois le poulet enfourné, Ferdinand prend place en bout de table. À sa gauche, Béatrice. À sa droite, Juliette. Sa tête dépassant à peine de la table, Béatrice lui tend un coussin. Le vieil homme retourne aux fourneaux, surveiller la cuisson de la volaille. Depuis la cuisine, il entend la conversation aller bon train entre la vieille dame et la petite fille. Elles discutent littérature. Mme Claudel n'en croit pas ses oreilles : cette petite fille a des lectures tout à fait inappropriées. Pas étonnant que ses camarades de classe la trouvent bizarre. Béatrice se met en tête de lui trouver un ouvrage qui lui permette de les impressionner à la récréation. Elle sort un pavé de sa bibliothèque :

— Tu es trop jeune pour lire un livre aussi énorme, mais quand tu auras envie, ou le courage, c'est un des meilleurs qui existent. *Bilbo le Hobbit,* de Tolkien. Un classique. Je te le donne, il est à toi.

Ferdinand est de retour avec le plat fumant. Il écarquille les yeux devant le pavé posé à côté de Juliette. Tu parles d'un cadeau ! Puis il se ravise en lisant le titre. Même lui en a entendu parler. Juliette lui fera un résumé.

— Ferdinand, commence Béatrice, vous serez sûrement heureux d'apprendre que le commissaire Balard a pris un blâme pour le mauvais traitement qu'il vous a infligé. J'avais raison : votre état de santé était pitoyable. D'après les analyses, c'est surtout la tension qui malmenait votre cœur. Vous avez des problèmes cardiaques ?

Ferdinand sourit. Son cœur a été bien malmené ces derniers mois. Et ce n'est pas près de s'arrêter… Béatrice poursuit son monologue sur le commissaire qu'elle ne *peut-pas-sen-tir*. Juliette, elle, sauce goulûment son assiette.

— Il est trop bon, ce jus, Ferdinand. Bravo !

— Attends de goûter au dessert. Je crois que ça va te plaire aussi. Je peux débarrasser vos assiettes ?

Ferdinand quitte la table les bras chargés et revient avec un saladier recouvert de papier d'aluminium. Quand il découvre la mousse au chocolat, les yeux de Juliette s'illuminent.

— J'adore la mousse au chocolat ! Comment le saviez-vous ?

— Y a pas que mademoiselle Je-sais-tout qui sait tout ! J'ai mes sources.

— Mamie Mad, je parie. C'est sa recette ?

Juliette engloutit cuillerée après cuillerée, sous le regard étonné de Béatrice.

— Elle a de l'appétit, cette enfant ! Il vaut mieux l'avoir en photo qu'à table. Je plaisante, ma petite. Mais c'est vrai que tu as un bon coup de fourchette.

— Je dois filer. Je vous fais une bise, Ferdinand, car je ne vous reverrai certainement pas avant mon départ pour la Normandie. On s'en va à la première heure demain matin. Merci encore pour le livre, Béatrice. Je vous dirai s'il m'a plu. Joyeux Noël à vous deux !

— C'était un plaisir de mieux te connaître, Juliette. Si le livre te plaît, la suite t'attend. Je te souhaite de bonnes fêtes en famille. Mes salutations à Madeleine. À une prochaine fois, pour un autre déjeuner, j'espère…

Ferdinand raccompagne Juliette et l'aide à hisser son cartable sur ses épaules. Il réalise à quel point la petite a grandi en quelques mois à peine et a déjà hâte de la revoir après les fêtes. Au moment de la quitter, le vieil homme, un peu embarrassé, prend son courage à deux mains :

— Juliette, je peux te demander une faveur ? Peux-tu donner ce petit quelque chose à Madeleine de ma part, pour Noël ? C'est trois fois rien, mais je sais que ça lui fera plaisir. Passe de bonnes fêtes. On se voit à ton retour !

Juliette s'éclipse et Ferdinand retourne auprès de Béatrice. Leur conversation reprend sur le même ton enjoué. On parle de cafés et d'émissions de télévision à suivre ensemble.

Sur le palier, la lumière a encore sauté. Mais personne ne peut deviner que le disjoncteur a été volontairement baissé.

Après le déjeuner, les deux voisins s'installent sur le canapé de Béatrice pour déguster leur tasse de café. Ferdinand est quelque peu mal à l'aise dans ce tête-à-tête imprévu. Pourra-t-il encore être ami avec elle, comme avant sa stupide déclaration ? Il en doute, mais il apprécie la compagnie de sa voisine qui ne le juge jamais. Maladroitement, il se lance :

— Je sais que je m'y prends tard, mais je voulais vous remercier pour tout ce que vous avez fait pour moi. Venir me chercher au commissariat, m'emmener à l'hôpital… Vous étiez pas obligée, ça m'a vraiment touché, surtout après ma… déclaration, qui a dû vous mettre mal à l'aise.

— C'est le moins que l'on puisse dire. À plus de quatre-vingt-dix ans, j'avais perdu l'habitude. Mais ce que j'ai fait, Ferdinand, c'est trois fois rien, juste ce que l'on appelle l'amitié. Et puis, vous savez, vous avez été le cas le plus simple de ma carrière !

— Le seul, aussi ?

Le sourire de Ferdinand est rejoint par celui de Béatrice qui enchaîne :

— Vous devriez remercier Juliette plutôt. Elle est épatante, cette petite ! Vous savez, c'est elle qui a déniché l'ordonnance de Mme Suarez, et je préfère ne pas savoir où ni comment. Elle a les idées bien arrêtées, un peu comme vous d'ailleurs ! Selon elle, la mort de feu notre concierge serait la faute du chat de Mme Berger, qui rôdait dans le local à poubelles à la recherche d'une souris. D'après Juliette, Mme Suarez aurait pris peur en voyant ses yeux briller dans le noir. C'est ce qui aurait déclenché la crise cardiaque. Une sombre histoire en tout cas. En revanche, une belle année pour notre amitié ! Dire que sans cette menace de maison de retraite, totalement illégale d'ailleurs, vous ne m'auriez peut-être jamais adressé la parole…

— Comment ça, « totalement illégale » ? Marion pouvait pas me faire entrer en maison de retraite sans mon accord ? Oh, la bougresse !

— Oublions cela, Ferdinand. Vous avez bien fait de plus vous ouvrir au monde, à la petite Juliette, notamment.

— Pas trop, j'espère. Car si c'est le cas, j'ai peur qu'elle soit triste d'apprendre mon départ.

— Votre départ ? Grand Dieu ! Mais pour où ?

— Singapour.

— Oh… c'est loin ! Mais c'est votre décision et je suis sûre que vous avez pesé le pour et le contre. C'est courageux, monsieur Brun. Si vous partez, vous allez énormément nous manquer, à Juliette et moi.

— J'ai pas la moindre envie de quitter mon appartement ou certaines personnes mais Marion me l'a demandé. Elle a dit : « C'est la famille », et je crois qu'elle a raison…

37

Élémentaire, mon cher Watson

Posté devant sa fenêtre, dans son fauteuil, Ferdinand contemple le manteau neigeux habiller les arbres nus de ses flocons duveteux. Le soleil taquine les cristaux de glace et fait scintiller les branches. C'est le jour de Noël. La veille au soir, le vieil homme est resté chez lui, et a pensé à Béatrice tout d'abord, qui réveillonnait avec ses petits-enfants. Puis à Juliette, qui ne croit plus au Père Noël mais qui sera certainement contente à son retour de découvrir que Ferdinand l'a abonnée au magazine *Le Nouveau Détective* pour Noël, après ses exploits dans la résolution de l'affaire Suarez. Il a hâte de voir sa réaction. Ensuite les pensées de Ferdinand se sont tournées vers une autre femme : Madeleine. Sa voix fragile et enfantine qui semble s'étonner des choses les plus banales, son rire espiègle qui résonne encore dans sa tête, son regard intense, en quête d'approbation. Et surtout, sa main, à la peau si fine, si douce, nonchalamment posée sur la sienne, pour un instant, une éternité. *Oh, Madeleine !*

Ferdinand ressasse les rares moments passés auprès d'elle et s'invente des réponses plus adroites. Il imagine même leurs futures discussions. « On joue un nouveau film au cinéma. Tout le monde en dit le plus grand bien. Cela vous plairait de le voir ? »

Ferdinand décide d'aller faire une petite promenade, histoire de laisser quelques traces de présence humaine dans les rues désertes et immaculées. Il enfile son pardessus, enroule son écharpe et enfonce son béret sur ses oreilles. En ouvrant la porte, il découvre un petit paquet sur le seuil. Une lettre non oblitérée. Le vieil homme rentre chez lui, referme la porte et s'y adosse. L'écriture est ronde et familière. Il sourit. Il ouvre l'enveloppe avec empressement, en extrait une feuille à petits carreaux.

Mon très cher Ferdinand,
Je vous écris car je sais que vous êtes seul à Noël et je voulais que vous sachiez que je pense à vous. Cette année a été très difficile pour vous. La perte tragique de Daisy, l'accident de bus, la menace de la maison de retraite, les altercations avec les voisines, les inspections de Mme Suarez, l'arrestation,

vos séjours à l'hôpital. Une année dure mais riche en émotions. Avec de très belles rencontres, aussi. Je pense à la nôtre, bien sûr : il s'en serait fallu de peu que vous me laissiez poireauter sur le pas de votre porte ! Heureusement que j'avais eu l'idée des pâtes de fruits.

Je pense aussi à Béatrice, cette supermamie qui habite à six mètres de chez vous et à qui vous n'aviez jamais adressé la parole, un grognement peut-être. Voyez aujourd'hui comme vos expériences vous ont rapprochés, tout ce que vous partagez désormais.

Enfin, je pense à Mamie Mad. Je me trompe peut-être mais j'ai comme l'impression qu'elle ne vous a pas laissé indifférent. Et je pense même avoir vu dans vos yeux une petite lueur qui n'existait pas il y a quelques mois. L'envie. L'envie de ne plus être seul, l'envie d'aimer à nouveau, l'envie de commencer à vivre vraiment.

Je parle, je parle, mais j'oublie l'essentiel : je tenais à vous remercier pour l'abonnement au Nouveau Détective (je serais une bien mauvaise enquêtrice si je n'étais pas capable de découvrir mes cadeaux de Noël à l'avance). Nos déjeuners quotidiens devraient nous permettre d'éclaircir les mystères les plus obscurs. J'ai moi aussi un petit quelque chose pour vous. Sortez sur votre palier. Regardez, il y a une boîte. Ouvrez-la...

Ferdinand est certain qu'il n'y avait pas de boîte à côté de la lettre. Sinon, il aurait commencé

par la déballer. Il ouvre la porte, et là, effectivement, un carton. De taille conséquente, du genre
à contenir un… aspirateur ou un micro-ondes.
Oh, l'effrontée ! Elle veut me faire passer un mes-
sage ? Ferdinand déchire le papier cadeau et
découvre… un scanner-imprimante ! Hein… ?
Mais pour quoi faire ? Ferdinand n'a même pas
d'ordinateur. Perplexe, il reprend sa lecture :

Alors, qu'en pensez-vous ? J'espère que vous êtes
content. J'avais un peu peur de votre réaction. En
même temps, je ne suis pas là pendant encore deux
semaines : vous avez donc le temps de vous y habi-
tuer et de ne plus m'en vouloir. Surtout, ne le lais-
sez pas dans le carton. Je suis sûre que vous saurez
lui trouver une petite place…

Ferdinand arrête tout net sa lecture : il a
beau être sourd comme un pot, il jurerait avoir
entendu un bruit, très proche. Un râle, non, un
gémissement. *Ah, non ! Pas encore un accident.*
Je suis seul. On va encore m'accuser ! Quand soudain, il comprend. *Suis-je bête ! Pourquoi n'y ai-je*
pas pensé plus tôt ? Vite ! Ferdinand attrape le carton, y découvre des petits trous, écarte les pans
latéraux et, là, surgit une minuscule tête brune,
poilue et tachetée de blanc. Ferdinand soulève
délicatement la bête qui s'avère être d'une légè-
reté inouïe. Un tout petit chien ! Le premier

contact est chaud. Doux. Le regard est humide et ensommeillé. Ferdinand blottit le chiot minuscule contre sa poitrine. Il sent sous ses doigts le battement rapide du cœur qui ralentit progressivement sous les caresses.

— Tout va bien. N'aie pas peur, je suis là.

Ferdinand n'ose plus bouger. Il est bien. Il n'est plus seul. Puis il se souvient qu'il a interrompu sa lecture avant la fin. Délicatement, il récupère la lettre dans sa poche. Le chiot s'est déjà endormi.

… Je suis sûre que vous saurez lui trouver une petite place, là, tout près de votre cœur. Mon père l'a découvert avec ses trois frères près d'un chantier. Ils étaient cachés dans un carton trempé par la pluie. Mais le vétérinaire a dit qu'il était en bonne santé, qu'il avait seulement besoin d'amour et de réconfort. Comme vous ! Prenez bien soin de Sherlock. Oui, le petit beagle est un mâle. Je me suis dit que maintenant il fallait vous faire aimer des hommes : par votre petit-fils Alexandre et mon père, pour commencer. Je vous aiderai. Pensez aussi à racheter des cornichons, j'ai fini le bocal… Voilà, la voiture va partir. Je dois m'arrêter. Je vous embrasse fort. À très vite.

Juliette

P-S : Je ne sais pas ce que vous lui avez fait, mais Mamie Mad ne parle que de vous. Elle répète en boucle : «Mais pourquoi Ferdinand n'est-il pas venu avec nous ? Ce n'est pas gentil de l'avoir laissé seul ! Antoine ? »

Le cœur de Ferdinand se met à battre plus fort. Le chiot émet un gémissement qu'il calme d'une caresse rassurante. La lettre glisse à ses pieds. Il sourit. La vie semble plus douce.

38

Jaune cocu

Ferdinand attend fiévreusement devant son téléphone. Marion doit l'appeler d'une minute à l'autre. Il accepte de venir vivre avec elle. À Singapour. Il se sent extrêmement nerveux à l'idée de lui annoncer cette décision qu'elle doit espérer sans oser y croire. Ils étaient convenus de l'heure : sa fille a déjà dix minutes de retard. Si les minutes continuent de défiler, il a peur de craquer et de changer d'avis.

16 h 30, toujours rien. Ferdinand vérifie la tonalité, raccroche. 16 h 31. Enfin, la sonnerie retentit. Peut-être que son téléphone était mal raccroché après tout et que Marion essaie de le joindre depuis trente minutes ?

— Allô, Marion ?

— Heu, non, c'est Tony.

— Tony ? Je connais pas de Tony. Désolé, mais je dois raccrocher, j'attends un appel extrêmement important. Au revoir.

— Attendez, oui, je sais : vous attendiez un appel de Marion. Elle m'a demandé de vous appeler.

— Comment ça ? Pourquoi Marion peut pas m'appeler elle-même ? Qu'est-ce qui se passe ? Il lui est arrivé quelque chose ? Et vous, qui êtes-vous ?

— Marion est à l'hôpital, pour Alexandre. Les médecins viennent de poser le diagnostic. Ce serait une insuffisance rénale.

— Mais qu'est-ce que c'est que ces histoires ? Alexandre ? C'est pas vrai ! C'est une blague ? Ils se sont forcément trompés : il a dix-sept ans… Et où est Marion ? Pourquoi elle peut pas m'informer elle-même ?

— Marion est en train de passer des examens pour établir si elle est compatible avec Alexandre. Il a besoin d'une greffe.

— Mais vous êtes qui ? Vous êtes pas docteur ?

— Non, effectivement, je ne suis pas docteur. Vous me connaissez, je crois. Je suis Tony Gallica. Le facteur…

— Le facteur ? Je connais pas de facteur. Ni le mien, ni celui de ma fille. Il va falloir me donner des explications plus claires car… Attendez… vous êtes le fumier qui est parti avec ma femme ?!

227

— Heu, je n'aurais pas dit cela comme ça, mais oui… le compagnon de Louise.

— Mais qu'est-ce que vous venez faire dans cette histoire de famille ?! Pourquoi Marion vous demande de m'appeler ?

— Je suis venu à Singapour pour Noël, comme une année sur deux. Les résultats sont tombés pendant mon séjour, j'ai décidé de rester. Ils avaient besoin de moi et plus rien ne me retient en France de toute façon.

— Ah non ! Ça va pas recommencer ! Ça va pas se passer comme ça ! Dites à Marion que j'arrive avec le prochain vol. Et donnez-moi l'adresse de l'hôpital que je sache où aller, bon sang !

Tony s'exécute. Ferdinand s'apprête à raccrocher et ajoute :

— Dites-moi, Tony. J'ai deux questions avant d'en avoir fini avec vous. Est-ce que vous pensez sincèrement que Louise a été heureuse après ? Je veux dire, enfin…

— Je ne me permettrai pas d'émettre un avis sur votre relation, mais elle me disait qu'avec moi elle se sentait enfin belle, vivante. Plus femme, aussi. Elle était sereine et rayonnante comme jamais lors de notre dernier voyage en Inde. C'était son rêve, vous savez. Elle est restée des heures à contempler le Taj Mahal. Et puis vous connaissez la fin tragique qui a écourté notre histoire, sa chute dans la salle de bains de notre hôtel de Singapour, alors que l'on rendait visite à Marion sur le chemin du retour. Vous vouliez me demander autre chose...

— Oui. Fichez-nous la paix, à ma famille et à moi ! Sortez de nos vies. Je veux plus jamais avoir affaire à vous !

— On laissera Marion décider. J'ai vu grandir Alexandre et j'ai passé bien plus de temps avec lui que vous. Il est comme mon petit-fils, je ne peux pas l'abandonner alors qu'il traverse l'épreuve la plus difficile de sa vie. Il a besoin de tout l'amour possible. Au revoir, Ferdinand, on se voit à Singapour dans quelques jours.

Ferdinand raccroche, anéanti. Il ne réalise pas ce qu'il vient d'entendre : la chair de sa chair, malade ? Et ce fumier de rital qui prend sa place. Il lui a déjà volé sa femme, il ne lui volera pas sa fille, ni son petit-fils ! C'est *sa* famille.

39

Les voyages forment la jeunesse

Oui, la famille, c'est important, mais qu'est-ce que cela cause comme souci ! Ferdinand était bien plus serein avant de se préoccuper des autres. Depuis la terrible nouvelle, il n'est pas dans son assiette. Il a même du mal à être de bonne compagnie avec la petite Juliette qui l'a gentiment appelé pour savoir comment il allait (et pour vérifier qu'il avait bien trouvé son cadeau). Il ne veut pas que la conversation s'éternise mais il en a gros sur le cœur.

— Qu'est-ce qui est le plus important, Juliette ? La décision qu'on a prise ou la raison de notre décision ?

— Alors là… Je n'en sais rien. Pourquoi vous me demandez ça ? Vous devenez philosophe ? On s'en fiche, non ?

— J'ai pas le cœur à rire, petite, désolé. Je suis au bout du rouleau.

— Encore ? Mais qu'est-ce qui se passe ?

— Je veux pas t'embêter avec mes histoires mais pour faire court, mon petit-fils a une insuffisance rénale et doit être opéré d'urgence. Je pars m'installer à Singapour. Je crois que j'ai pris cette décision surtout parce que le facteur est là-bas, à jouer le grand-père de remplacement. Ça m'énerve d'être dans la compétition dans un moment pareil ! Il faut que je boucle mes valises, mon vol part demain. Je suis pas sûr que l'on se revoie de sitôt.

— Oh, non ! Je ne veux pas vous perdre. Je suis vraiment triste pour Alexandre et j'espère qu'il va se rétablir au plus vite. Mais je ne pensais pas vous voir partir un jour, encore moins aussi vite.

— Je pensais pas non plus partir un jour à l'étranger, et encore moins pour m'y installer. Mais j'aurais en tout cas l'impression de servir à quelque chose, même si au fond je me sens complètement impuissant. C'est vraiment horrible cette boule que l'on ressent jusque dans ses tripes quand quelqu'un de proche est malade. C'est tellement injuste ; je suis un vieil hypocondriaque : c'est moi que la maladie devrait venir chercher ! Que je serve à quelque chose ou à quelqu'un, pour une fois dans ma vie !

— Mais ça ne marche pas comme ça, malheureusement ou heureusement. Je ne peux pas croire que vous partiez… Et Mamie Mad… elle

231

va être si triste. N'y a-t-il pas la moindre chance que vous restiez ? Non… oubliez ce que je viens de dire. Partez, c'est la meilleure chose à faire. Je penserai à vous en mangeant des trucs dégueu à la cantine, et aussi quand je verrai Matteo baisser les yeux en me voyant passer. Vous emmenez votre chiot au moins ? Pour penser un peu à moi ?

— Heu, oui, ça va pas être pratique, mais je pense qu'un animal pourra divertir Alexandre.

— Bon et vous me *skyperez,* maintenant que vous savez faire.

Tu me prends pour Béatrice ? Oui, j'essaierai… Je t'appellerai, Juliette. Chaque semaine. Il faut bien que tu voies Sherlock grandir, tu es un peu sa maman.

40

Alea jacta est

Ferdinand se ronge les sangs. Trop de changement. Trop de choses le poussent d'un coup hors de sa zone de confort. Lui qui voulait seulement être tranquille, attendre que la mort trouve son adresse. Même le Dr Labrousse le lui avait dit : « Pas de chocs émotionnels. » Il est servi ! Assailli par le doute face à l'immensité de la tâche, le vieil homme décide de dresser une liste :

1) *Faire ma valise*
Mais que faire de Sherlock ?

2) *Prendre l'avion (pour la première fois)*
Tout le monde prend l'avion. Il n'y a presque jamais d'accident. Mais Ferdinand a un mauvais pressentiment. La Malaysia Airlines, il ne la sent pas. Note pour plus tard : vérifier quelle

compagnie Marion a choisie. En même temps, il est trop tard pour changer. Ça commence bien !

3) *Aller dans un pays étranger*

Cela lui semble insurmontable car il ne parle aucune autre langue que le français et l'argot. En outre, il détient probablement le pire sens de l'orientation au monde. Et quant à faire la différence entre un Indien, un Chinois et un Japonais. Alors entre Singapouriens...

4) *Déménager*

HORREUR, HORREUR, HO-RREUR ! ! !

5) *Emménager*

Définitivement. Et dans un endroit qu'il ne connaît pas, pour vivre aux crochets de sa fille, probablement dans une chambre ridiculement petite, où il va perdre toute autonomie. Retour à la case départ : direction une espèce de maison de retraite !

6) *Se confronter à son hypocondrie*

Pour la première fois de sa vie, côtoyer la maladie, la vraie, celle qui peut l'emporter sur la vie. Et supporter sans broncher l'attente du donneur potentiel, les visites quotidiennes à l'hôpital. Venir chaque jour avec une humeur égale et du courage à partager.

7) *Se confronter au facteur*

À l'illégitime grand-père de banc de touche, au *latin lover* des PTT qui lui a volé sa femme.

Voilà ! Ferdinand décide d'arrêter sa liste ici et de s'atteler aux tâches, une par une. D'abord, la valise. Malgré les amoncellements de vêtements éparpillés tout autour, la valise n'en finit pas de rester vide. Sherlock, la tête inclinée, essaie de comprendre le jeu de son maître : il veut bien aider, mais on met les trucs dedans ou en dehors de la valise ?

Ferdinand aimerait arrêter le temps, ou plutôt retourner au moment de sa sortie de prison. Au moment où la menace de la maison de retraite s'était éloignée, au moment où il n'avait pas à choisir entre la France et Singapour, au moment où son petit-fils n'était pas malade, au moment où Tony avait cessé d'exister.

Non, ce n'est pas le moment d'être rancunier ou de réécrire le passé. Ferdinand doit se concentrer sur l'avenir. Allez, on se reprend. Il lui reste une heure pour boucler sa valise avant de partir pour l'aéroport. Finalement, le vieil homme décide de tout emporter. Il s'acharne sur la fermeture Éclair de son bagage et parvient à le fermer en s'asseyant dessus. Dans moins de cinq minutes, le taxi sonnera à son interphone. Sherlock regarde, intrigué, son maître prêt à partir.

Ferdinand enfile son pardessus, met son béret et se rassied sur sa valise. Il observe son appartement, scrute chaque détail pour emporter avec lui des souvenirs, rassurants, familiers. Là-bas, ce sera l'inconnu, la vie en communauté, à l'étroit chez Marion, à l'étroit dans une petite chambre d'hôpital, entouré d'étrangers. Sans parler de Marion qui va être, à juste titre, stressée, mais encore plus stressante et infantilisante avec lui. Plus il y pense, plus Ferdinand a des doutes. Et s'il fuyait ? Fuir, oui. Quelque part où on le laisserait tranquille, sans coup de fil (maudit téléphone qui vient de sonner et qu'il a débranché), sans coup de sonnette pour le déranger… Plongé dans ses nouveaux plans, Ferdinand est soudainement interrompu par la sonnerie de la porte ! *Grrr… Mais c'est pas vrai ! À tous les coups c'est Béatrice et elle va me mettre en retard, enfin, si je pars.* Ferdinand se décide à aller ouvrir, jette un œil à travers le judas et découvre, stupéfait, Éric. Il entrouvre la porte et sort sa valise.

— Qu'est-ce que tu veux ? Tu vois, tu tombes mal : je m'en vais. Alors si t'as pas de mandat de perquisition, ou je ne sais quoi, tu peux partir.

— Je sais ce que vous êtes en train de faire et je suis venu vous arrêter.

— Encore ! Change de disque, Super Flic. D'ailleurs, comment va Balard ?

— Je suis juste venu vous prévenir : ce n'est pas la peine de prendre votre vol. À l'heure qu'il est, Marion et Alexandre sont dans l'avion. Ils atterrissent à Roissy dans deux heures. Et si vous écoutiez ce que les gens ont à vous dire au téléphone plutôt que de leur raccrocher au nez, on gagnerait tous du temps !

— Qu'est-ce que c'est que ces histoires ? J'ai eu Marion, enfin pas Marion exactement, et elle était à l'hôpital à Singapour avec Alexandre. Ils m'attendent. Alors je comprends pas pourquoi ils auraient changé leurs plans sans me prévenir.

— Marion pense que les soins seront meilleurs ici. Je ne sais pas si elle a raison. En tout cas, depuis un petit moment elle avait envie de revenir en France, et là, elle a une bonne raison pour tout plaquer. Elle veut être sûre de comprendre les subtilités de l'intervention et des traitements. Et puis, Alexandre a besoin d'être entouré de sa famille, et de deux potentiels donneurs de greffe, vous et moi !

— Marion te l'a demandé ?

— Non, mais c'est la moindre des choses que l'on puisse faire pour Alexandre ! N'est-ce pas ? Bon, ce n'est pas tout, mais je suis surtout venu vous demander de préparer leurs chambres. Après treize heures de vol, ils vont avoir besoin de se reposer. Je les aurais bien accueillis chez moi, mais mon studio est trop petit. Je file les chercher à l'aéroport. À tout à l'heure. Sans rancune pour l'autre fois ?

Ferdinand referme la porte sur son ex-gendre, secoue la tête, se pince… Aïe ! Non, il n'est donc pas en train de rêver. Sa famille arrive. Et s'installe chez lui. Dans moins de trois heures ! Son cœur s'emballe, de joie, de stress, d'excitation. Il gesticule, sautille, dans une danse improbable. Sherlock, lui, n'est pas sûr de tout comprendre mais jappe, aussi fébrile que son maître. Le vieil homme essaie de retrouver ses esprits et finit par saisir son stylo pour dresser une nouvelle liste, plus longue que la précédente :

1) Prouver que les liens du sang sont plus forts que tout
Plus fort que la peur, notamment. Et que le facteur ! Même s'il ne le connaît pas bien, Alexandre a besoin de lui, de sa présence et peut-être aussi de son rein. C'est ce qui fera la différence avec Tony. Les liens du sang. Oui, il aime Alexandre, mais il ne faut pas se mentir : cette histoire de greffe lui fout une trouille bleue.

2) Se résoudre à abandonner sa tranquillité
Et essayer de se réjouir.

3) Faire de la place dans sa maison
Pour accueillir deux personnes, en plus de Sherlock.

4) *Soutenir Alexandre au quotidien*

Avec les difficultés du traitement, en faisant abstraction de sa peur des médicaments, des hôpitaux, des malades qui vomissent, qui toussent…

5) *Supporter ses ennemis*

Super Flic, d'une part. Le facteur, d'autre part, s'il a le malheur de se montrer.

6) *Chambouler ses habitudes*

Ses déjeuners avec Juliette, ses cafés avec Béatrice, ses futurs rendez-vous avec Madeleine… *Ah, Madeleine !*

7) *Laisser de la place à l'imprévu*

Aux bonnes comme aux moins bonnes nouvelles. Accepter le changement, ne plus lutter contre.

8) *Changer d'épitaphe*

Tout bien réfléchi, « Enfin tranquille » est peut-être un peu exagéré. Un peu d'action, ça ne peut pas faire de mal.

Ferdinand commence à réaliser qu'il va peut-être pouvoir rester chez lui. Pour de bon. Il n'ose pas encore y croire. Il n'a jamais eu de chance, pas de répit, pas de happy-end. Une sonnerie va forcément retentir, de la porte ou du téléphone.

Probablement quelqu'un qu'il déteste, Tony ou Éric, le fantôme de Mme Suarez ou de Louise. Comme un cruel rappel à la réalité de sa vie, et qui lui enlèvera définitivement tout espoir de bonheur.

Mais rien. Pas de sonnerie, pas de coup de téléphone, pas de sonnette. Sherlock joue calmement dans son panier. Soudain, pourtant, il s'excite. Le chiot s'approche de la porte en remuant frénétiquement la queue. Il y a quelqu'un dans l'escalier. Faites que cela ne soit pas pour lui ! Ce ne peut pas être Béatrice, elle est dans sa famille. Ni Juliette. Marion et Alexandre sont encore dans l'avion, et Éric, en direction de l'aéroport. Le vieil homme est quasiment seul dans la résidence. Quoi qu'il arrive, il restera sourd à quiconque voudrait lui apporter la prochaine nouvelle qui changera une fois de plus le cours de son existence. Sherlock jappe bruyamment maintenant, Ferdinand le fusille du regard. La sonnette retentit. Une vraie malédiction !

— Quoi encore ?!

41

Les deux font la paire

Ferdinand prend son courage à deux mains et ouvre la porte. Il se trouve face à un visage familier, souriant.

— Bien le bonjour, monsieur Brun. J'ai votre courrier. Une lettre de Normandie, notamment.

M. Suarez, plus petit encore que sa femme, découvre, heureux, le chiot espiègle qui lui mordille les chaussures et qu'il caresse tendrement en retour.

— Ah, je vois que vous avez repris un chien. Vous avez bien fait ! J'aimais tellement votre Daisy. Je ne devrais pas vous dire ça, ma femme doit se retourner dans sa tombe… C'est que ç'a été une année difficile pour nous. On ne choisit pas toujours ce qui nous tombe dessus. J'ai fini ma tournée, vous êtes le seul qui ne soit pas parti pour les fêtes. Ça vous dirait de profiter du soleil et de boire un petit porto dans la courette ? Il fait un peu frisquet mais ce serait l'occasion de faire se rencontrer Rocco et...

— Sherlock. Eh bien, je dis pas non. J'en ai bien besoin. Je viens de vivre une semaine riche en émotions et c'est pas près de s'arrêter. Parce que le chien, c'est une chose, mais la famille arrive. Ma fille et son fils. Si vous saviez ! Mon pauvre petit-fils...

— Ah, j'oubliais, j'ai aussi ça pour vous.

M. Suarez tend un petit carnet noir à Ferdinand, qui le regarde dubitatif.

— Le cahier des doléances de ma femme. Il y a tout un chapitre vous concernant. Je n'en aurai aucune utilité. Gardez-le ou jetez-le. Je ne me sens pas à l'aise à l'idée de conserver ce truc.

Les deux hommes descendent les treize marches qui mènent à la courette. Alors que M. Suarez retourne à sa loge chercher Rocco, Ferdinand se dirige vers le local à poubelles. Il découvre pour la première fois qu'il y a des explications plutôt simples pour le tri. Papier : poubelle jaune. Le dernier voyage du carnet noir ! Au loin, on entend le chant des canaris qui ignorent les grognements joyeux des deux petits chiens qui se chamaillent une croquette. M. Suarez interpelle Ferdinand :

— Vous prendrez bien une petite part de galette des rois ?

Un bout de papier vient de s'envoler du carnet noir et retombe aux pieds de Ferdinand. Tout fier, il le dirige vers la poubelle appropriée. Quand soudain, un mot attire son attention. *Daisy*. Ferdinand se fige. Il cale ses lunettes sur son nez et lit, sur ce qui s'avère être une carte de visite : «Chenil Longue Durée». Il y a une adresse et un numéro de téléphone. À la main, on a ajouté le nom de sa chienne. Ferdinand a l'impression que son cœur va lâcher. Un an, presque un an que sa chienne est morte. Morte et incinérée sous ses yeux. Qu'est-ce que ce bout de papier pourrait y changer ? Il n'ose espérer quoi que ce soit. Impossible de retenir ses jambes, il se précipite vers M. Suarez qui désigne l'emplacement où Antoine, le père de Juliette, veut installer la ruche de la résidence. Ferdinand le coupe :

— Vous connaissez ce chenil ?

M. Suarez saisit la carte, tend le bras pour faire le point.

— Oui, c'est là que nous mettons Rocco quand nous partons l'été au Portugal. Si ma femme a contacté le chenil quand elle cherchait Daisy pour vous, elle aura sûrement eu affaire à José, ajoute-t-il en lisant le prénom de la chienne sur la carte.

— Vous avez un de ces machins portables que je puisse emprunter ?

— Mon téléphone portable, bien sûr. Ça sert, ces trucs, surtout en cas d'urgence.

Ferdinand tape frénétiquement sur le clavier mais rien ne s'affiche. Il s'énerve.

— Attendez, vous n'avez pas déverrouillé. Je vous compose le numéro et quand ça sonne je vous le passe.

M. Suarez pianote sur l'écran et tend le portable à un Ferdinand tout fébrile. Celui-ci part s'isoler quand une voix féminine lui répond :

— Chenil Longue Durée, bonjour.

— Bonjour, madame. Est-ce que vous auriez dans votre chenil une femelle dogue allemand, couleur grise. Elle s'appelle Daisy.

— Non, ça ne me dit rien. On la garderait en ce moment ? Je suis arrivée dans l'équipe l'été dernier seulement...

— Pourriez-vous demander à José s'il se souvient de ma chienne ? Ce serait à lui qu'une certaine Mme Suarez se serait adressée pour la garde de Daisy.

— Attendez. Il est dehors avec les chiens. Je vais lui demander si ça lui dit quelque chose. Restez en ligne.

Son interlocutrice s'est absentée depuis deux minutes et vingt secondes (c'est indiqué sur le téléphone portable). Ferdinand trépigne. Il angoisse et s'énerve tout seul à espérer quelque chose qui ne peut exister. Trois minutes et quarante secondes. Cela va coûter cher à M. Suarez en plus. Il n'en peut plus de cette torture et s'apprête à raccrocher quand la voix se fait à nouveau entendre au bout du fil.

— Alors, c'est compliqué. Oui, Mme Suarez nous a sollicités pour une garde longue durée pour un dogue allemand femelle. Nous l'avons effectivement gardée quelques mois, mais nous avons dû nous en séparer.

Ferdinand reste coi. « Quelques mois. » Comment est-ce possible ? Il a vu son corps sans vie. Il l'a incinérée. Elle n'avait plus son collier et ce qui restait d'elle n'était pas beau à voir. Mais cela ne faisait pas de doute. On ne remplace pas un chien par un autre aussi facilement. Daisy était morte : comment pouvait-elle se trouver au même moment dans un chenil ? Et si elle était vivante, alors que voulait dire « nous avons dû nous en séparer » ?

— Je suis pas sûr de bien comprendre. « Vous en séparer » ? Vous entendez quoi par là, exactement ?

— D'après ce que m'a dit José, le dogue allemand, Daisy – c'est ça ? – est arrivé l'hiver dernier. Il y avait peu de chiens à ce moment-là mais elle n'était pas très sociable. Elle avait l'air perdue, elle aboyait tout le temps. Avec l'été et le nombre de chiens recueillis au chenil, ce n'était plus possible de la garder.

— Et donc, pourriez-vous me dire, s'il vous plaît, où se trouve Daisy maintenant ?

— Alors ça… Je n'en sais rien. José m'a dit qu'il l'avait envoyée chez le vétérinaire du coin, le Dr Durand. J'ai son numéro, si vous voulez.

Ferdinand plonge le bras dans la poubelle jaune pour récupérer le carnet. Pour une fois qu'il a de la chance, il y trouve inséré un crayon à papier. Il note en tremblotant le numéro et raccroche, en oubliant de remercier son interlocutrice. Il appuie sur les touches. Rien ne se passe. Il se retourne vers M. Suarez qui lui crie :

— La touche verte !

Trois sonneries plus tard, une voix grave annonce qu'il a bien joint le vétérinaire mais que le cabinet est fermé aux heures du déjeuner. Ferdinand regarde sa montre, déjà 12 h 10. Grrr…

Il ne va jamais pouvoir attendre 14 heures. Et puis Marion et Alexandre seront déjà arrivés, il ne pourra pas leur faire faux bond pour courir chez le vétérinaire si… Ferdinand s'interdit d'aller au bout de sa pensée. Il retourne au centre du jardinet et s'attable aux côtés de M. Suarez. Un verre de porto l'attend. Il l'observe un instant puis demande, sur un ton naïf :

— Vous connaissez un vétérinaire, un certain Dr Durand ?

— Oui, très bien. C'est le vétérinaire de Rocco. Il fait des miracles. Notre pauvre petit avait un problème à la gorge. Quand il aboyait, on aurait dit Rocky. Il était condamné à ne plus quitter la

246

maison pour éviter la pollution, bref, une vie de chien. Eh bien l'opération du docteur a changé sa vie. Il aboie normalement, peut se promener en ville et ne fait même plus peur aux canaris. Les pauvres, ils entendaient un râle monstrueux mais ne voyaient rien arriver. Ils avaient la frousse ! Le Dr Durand est même devenu un ami, enfin surtout de ma femme. Mais pourquoi cette question ?

Ferdinand hésite à lui faire part de son hypothèse. D'une, parce qu'il ne connaît pas encore la fin de l'histoire. De deux, le pauvre homme vient de perdre sa femme, il n'a pas besoin de savoir à quel point elle était diabolique.

— Les gens du chenil savaient pas grand-chose mais m'ont renvoyé vers ce Dr Durand. Je viens d'essayer de l'appeler mais je suis tombé sur son répondeur. Pause-déjeuner, apparemment. Je vais devoir prendre mon mal en patience, dit Ferdinand en saisissant le verre devant lui.

— Je peux l'appeler, si vous voulez. J'ai son numéro de portable. Il décrochera sûrement.

M. Suarez fouille dans le répertoire de son téléphone et confirme d'un hochement de tête.

— Je l'appelle ! Ça sonne ! Oui, docteur Durand, c'est M. Suarez. Je suis désolé de vous déranger à l'heure du déjeuner mais j'ai un ami qui voudrait vous poser une question importante. Je vous le passe.

Ferdinand s'empare du téléphone, s'éloigne et explique le plus calmement possible comment toutes les informations l'ont amené à lui. De loin, M. Suarez suit la conversation : un haussement d'épaule par-ci, une main qui s'étonne par-là. Tout d'un coup, le vieil homme semble être pris d'un malaise et s'écroule sur le muret qui entoure les roses de la cour. Il est saisi de spasmes. Il tremble de tout son corps. M. Suarez se précipite et lui demande ce qu'il se passe. Ferdinand répond d'une voix si faible que le concierge ne comprend d'abord pas. Puis il parvient à déchiffrer sur ses lèvres ces quelques mots : « Daisy est vivante. »

Épilogue

Au petit bonheur la chance

La scène est surréaliste. La maison de Ferdinand est bondée, elle déborde. De valises, de sacs, de bruits, de mots criés d'une pièce à l'autre, de jappements, de portes de placards qui se claquent. Depuis sa cuisine où il découpe une courgette en rondelles qu'il agrémentera d'une vinaigrette moutarde et balsamique (une nouvelle recette empruntée à Béatrice), il essaie de se remettre de ses émotions. Son cœur bat toujours la chamade. Ce serait vraiment pas de chance de claquer maintenant... C'est décidé, il ira acheter du foie de morue. Il a lu que c'était excellent pour le cœur, ou la mémoire, il ne sait plus. Et puis, il profitera de sa matinée à l'hôpital avec Alexandre pour rendre visite au Dr Labrousse. Un petit check-up, histoire de vérifier que tout va bien.

Tandis que Ferdinand verse les rondelles dans le saladier, deux morceaux s'échappent et tombent sur le sol de la cuisine. Il ne faut pas plus d'une seconde pour que Sherlock, tapi sous la table en Formica, surgisse et engloutisse le tout. La queue battant gaiement avec la régularité d'un métronome, il repart comme si de rien n'était, évitant ainsi toute réprimande. Au salon, il se lèche les babines devant une Daisy allongée, royale, impassible. Ferdinand ne cesse de cligner des yeux. Il n'y croit toujours pas. Daisy est là. Si belle ! Si belle qu'un chenapan l'avait mise enceinte. Si belle que même le Dr Durand avait voulu la garder, après qu'elle eut fini d'allaiter sa ribambelle de chiots.

Cette Mme Suarez l'aura vraiment fait tourner en bourrique jusqu'à la fin. Lui mentir pour le faire sortir de ses gonds. Mentir au chenil en racontant qu'un vieux monsieur de sa résidence était parti du jour au lendemain pour un séjour longue durée à l'hôpital. Mentir à son mari. Tout ça pour mourir sans avoir obtenu ce qu'elle voulait vraiment : le départ de Ferdinand. Comme le concède M. Suarez : «Elle n'était pas foncièrement méchante, juste un peu braquée, parfois.»

Ferdinand se dit qu'il va aller sur sa tombe. Ça fera une balade aux chiens. Et puis ce sera l'endroit parfait pour déverser le contenu de l'urne qui contient les cendres d'un pauvre dogue allemand que le Dr Durand avait cédé à Mme Suarez pour mettre en scène son horrible stratagème. Pour quelles raisons le vétérinaire avait-il accepté une telle chose ? Ferdinand ne le saura jamais. Il n'a pas pensé à lui demander des explications lorsqu'il s'est rendu chez lui avec M. Suarez pour l'implorer de lui rendre sa chienne. Il n'a pas eu à donner beaucoup d'arguments. Les aboiements de joie et sauts frénétiques de Daisy dès qu'elle a entendu la voix de son ancien maître ont été suffisants.

Ferdinand sort de nouvelles assiettes de dessous les torchons protecteurs. Il n'a même pas trois assiettes identiques. Ça fera l'affaire pour aujourd'hui, mais il va devoir investir dans de la vaisselle neuve. Il demandera à Madeleine de l'aider, étant donné que Juliette mange aussi souvent chez lui que sa fille et son petit-fils. Ah, Madeleine... Ferdinand a hâte de la revoir. Même si leur relation est ce qu'il y a de plus platonique, être juste avec elle, à rire, à se tenir la main, assis côte à côte sur un banc, lui fait un bien fou.

L'odeur caramélisée qui émane du four ramène Ferdinand à la réalité. Il vérifie son gratin dauphinois : dessus croustillant et bien doré. Ils vont pouvoir passer à table. Dans la cuisine, on est un peu à l'étroit. Les trois occupants sont plus fatigués qu'affamés et la discussion peine à suivre une quelconque logique. Chacun est à ses pensées : on pourrait entendre une mouche voler si Sherlock n'était pas en train de taquiner Daisy.

Alexandre, les yeux dans le vague, regarde au loin le petit Beagle mordiller l'oreille pendante du dogue. Ses paupières se ferment, il est temps qu'il aille se coucher. Marion parcourt des yeux chaque recoin de la pièce. Cette cuisine, devenue vieillotte, était sa pièce préférée, toujours embaumée d'effluves de fars bretons, de pain perdu tout chaud ou de riz au lait. Elle se surprend même à remarquer la propreté – incontestable – des lieux.

Ferdinand, lui, pense à la longue journée qui l'attend le lendemain. Au test de compatibilité. Bien qu'il n'y ait rien de pire que les examens médicaux pour lui, il n'a pas peur. Il est même serein. Il aimerait vraiment faire cela pour son petit-fils, pas par compétition ou jalousie. Juste parce que sa famille a besoin de lui, et que, pour la première fois de sa vie, il peut être utile, lui, Ferdinand Brun. Il peut faire quelque chose de bien. Pour quelqu'un d'autre.

REMERCIEMENTS

Si l'histoire de *Mémé dans les orties* s'achève sur ces pages, l'aventure, elle, a commencé il y a un peu plus d'un an, sur les tables d'un café milanais, *l'Antico Caffè*.

Un cheminement original pour un premier roman : celui de l'autoédition. Sur un coup de tête, j'ai remis le destin de mon manuscrit entre les mains de lecteurs inconnus. Pour obtenir un avis objectif. Par peur aussi, peur d'une réponse négative de la part des maisons d'édition. Et ce fut une première naissance du livre. Tout de suite, Ferdinand a rencontré son public. Certains, touchés par l'histoire, m'ont écrit : ils avaient ri, s'étaient émus ou avaient changé, suite à leur lecture, un détail de leur vie, renoué avec un proche grincheux par exemple. Cela a chamboulé ma vie, comme je ne l'aurais jamais imaginé.

C'est donc d'abord aux premiers lecteurs de *Mémé dans les orties* que j'adresse mes remerciements les plus sincères. Sans vous, ces quelque deux cent cinquante pages auraient pu ne rester que des feuillets oubliés, des lignes noircies sans incidence. Je ne peux tous vous citer, Ferdinand ayant séduit des milliers de lecteurs, mais je pense tout particulièrement à Sylvie F., Jacques, Emmanuelle B., Frédéric, Nathalie C., Luc, Michèle, Pierre-Étienne, Martine G., François, Jordy et Catherine M. Chacun de vos messages m'a transportée dans une joie immense.

Je souhaite ensuite remercier les blogueurs qui, spontanément, ont alloué un article ou plus à mon premier roman : Thibault Delavaud, Cécile Chabot, La Liste Blonde, Krokette et Audrey Alwett. Les journalistes aussi, comme Leila, pour sa chronique sur France Inter, et Claire, Hervé, Camille pour leurs articles pour *Rue 89, Livres Hebdo* et *La Libre Belgique*. Une pensée toute particulière au magazine *Assistante plus* qui a offert, en premier, un beau papier à *Mémé dans les orties*.

Ce formidable bouche-à-oreille autour d'un roman autoédité a attiré l'attention des grandes maisons d'édition, celles-là mêmes à qui je n'avais pas osé envoyer mon manuscrit. Après le soutien immuable d'Anne-Laure Vial dont l'accompagnement auprès des jeunes auteurs autopubliés est inestimable, *Mémé dans les orties* a rencontré un éditeur d'expérience, Michel Lafon. Merci à Florian Lafani pour cette magnifique opportunité arrivée au moment parfait, merci à Cécile Majorel pour la richesse de ses relectures, merci à la grande équipe de Michel Lafon. Et un immense merci à tous les libraires qui ont aimé les tribulations de Ferdinand, et les recommandent à leurs lecteurs.

Enfin, à ma famille et mes amis qui m'ont accompagnée tout au long de cette incroyable aventure. Du fond du cœur, MERCI.

Pour contacter l'auteur :
aurelie.valognes@yahoo.fr

Table

259

Du même auteur :

NOS ADORABLES BELLES-FILLES, Michel Lafon, 2016.